古兰月 著

浙江人民出版社

序

“80后”新锐女作家古兰月，近来可谓好事连连、幸运不断：加入中国作家协会，荣获第八届冰心散文奖，入选金华市宣传文化系统“五个一批”人才，网络小说《杭州女子日记》在咪咕阅读上线，励志新作《守艺》即将付梓。我想，这就是所谓的动须相应、厚积薄发吧。

古兰月是我的小老乡。对于从老家走出这样一位才女，我很是自豪，但并不意外。因为故乡浙江兰溪，原本就是一块人杰地灵、人文荟萃的“风水宝地”。如果说“三江之汇”“六水之腰”“七省通衢”“天下江南”描绘的是兰溪独特的地理位置和优美的自然风光，“小小金华府，大大兰溪县”“小小兰溪赛苏杭”“小上海”赞誉的是兰溪的富饶和时尚，那么“黄大仙故里”“李渔故乡”“赵四小姐祖居地”“诸葛亮后裔聚居地”则代表了兰溪深厚的人文积淀。

“一头秀丽柔顺的黑发，一双乌黑明亮的眼睛”，是媒体为古兰月刻画的标准像。鲁迅文学院常务副院长、著名作家邱华栋对她的评价则是：“古兰月是继流潋紫和蒋胜男之后

浙江涌现出来的又一位优秀女作家，她在新类型小说、影视剧本和散文创作上潜力无限。而且，她还是一位视觉艺术家，对油画和国画都很在行。”这是一个很高的评价，当然也是恰如其分的。

古兰月无疑是有追求的。她最大的追求，就是成为一名作家。因此，她毅然辞去了公职，潜身艺海，闯荡搏击。几度风雨，终见彩虹。散文集《你不慌，世界不荒》、长篇小说《南方姑娘》《青木微雪时》《在遗忘的时光遇见你》《龙井》、网络小说《家谱》《深宅诡事》等，各种类型的文学作品相继问世；中国作家协会会员、浙江省作家协会会员、浙江省第四批“新荷计划”青年作家人才、中国网络作家村入驻作家，还有第八届冰心散文奖获得者、首届“两岸青年网络文学大赛”获奖者等，各种“身份”和荣誉纷至沓来。这些，正是对她不懈追求的回报和赞许。

古兰月无疑是有才情的。她不仅是一位作家，还是一位画家，能画国画，更擅长油画。因此，除了作家的身份外，古兰月还有一个与绘画有关的“头衔”：浙江省文化产业学会浙江书画研究院油画创作室主任。她曾在杭州、金华举办过个人画展，还以画家的身份参加了由文化部文化艺术人才中心举办的“一带一路”高级美术人才主题研修班。2018年5月17日，中国文联主席、中国作协主席铁凝考察中国网络作家村时，古兰月非常“大胆”地拿出自己的一幅小画相赠，成就了一段文坛佳话。她曾把自己比作《射雕英雄传》

中的周伯通，左手画画，右手写作，一心二用，双手互搏。大凡见过古兰月的，都会称其为“美女作家”。实际上，“有才情、多才艺”的评价，更切合古兰月。

古兰月无疑是有爱心的。她曾说过：“不管是画画、写童谣，还是文学创作，我都一直坚持追求真善美，用优秀的作品发现生活的美、心灵的美。”的确，艺术的最高境界就是让人动心，让人们的灵魂经受洗礼，激励人们永葆积极向上的乐观心态和进取精神，鼓舞人们在黑暗面前不气馁、在困难面前不低头，让人们看到美好、看到希望、看到梦想就在前方。古兰月的文学作品，写的虽然都是一些平凡的人、平凡的事，但就是这些平凡的人、平凡的事，让人们看到了人间的真善美，看到了创业之美、创造之美、匠心之美，看到了爱的珍贵、爱的温情、爱的力量。用手中的笔书写时代和爱，是一位作家的良知和爱心，而古兰月一直在努力。

不只因为同乡情谊，更是因为古兰月的追求、才情和爱心，我乐之为序。

应雪林

（中国作协网络文学研究院院长，

浙江省文联副主席，杭州市文联党组书记、主席）

2018年7月

壹

20世纪70年代末，改革开放的热潮席卷整个中华大地，浙江义乌这个不起眼的小县城也逐渐热闹起来。

太阳，升起来了！廿三里镇的阳光总是透着感情，你若开心，它便多亮一点；你若悲伤，它就像现在这样……

宗祖成，45岁，土生土长的廿三里镇人，从小喝义乌江水长大，性子直，人却闷声闷气，家里出了事儿，他把牙咬碎了往肚子里咽，憋得天都阴沉沉的。

1986年正月初一上午，廿三里镇的鞭炮声从除夕响到现在都还没停。此时的宗祖成跪在祠堂里，低着头，把身体的全部力气都压在了腿上，没有人能看见他的脸，更没有人能看见他的泪。他没脸抬头，就在离他头顶不足三米的位置，宗泽将军的牌位散发着威严的光芒！

宗泽将军是宋朝抗金英雄，廿三里镇上眉骨线条分明者大多是宗氏的后人。宗氏人有着不畏艰险的担当，也有着宁死不屈的倔强。宗祖成算是宗泽将军的嫡出后嗣，细数起来也是十代之外了，甚至更远。

宗祖成终于抬起了头，满眼是泪地起身。他环顾四周时，眼中带着失望和难过。他捶打着胸口，反问自己："怎么就养出个逆子？"想着想着，突然，他好像想到了什么。他走到祖先的牌位面前，强忍着眼泪打量牌位正下方的砖块。看到这块砖明显有被动过的痕迹，他快速蹲下，用手扒开了砖缝。

果然，那张家传的秘方不见了！

时间仿佛在宗祖成身上静止了，就在今天，他刚刚和儿子吵了一架。大逆不道的儿子宗新贵出言不逊，吵着要分家。

宗祖成有一个女儿、一个儿子。女儿宗新英今年26岁，几年前经媒婆介绍嫁给了和她同岁的本镇人林江，后来生了一个儿子，叫林月明，今年不到4岁。儿子宗新贵23岁了，从小就是个“混世魔王”，前年娶了邻村姑娘杨双燕。娶回家门后才知道，这个杨双燕也并非等闲之辈，小算盘打得噼里啪啦响。老宗两口子看在儿子的面上，看在她杨双燕给宗家生了孙子的份上，也就睁一只眼，闭一只眼。

本来宗家添了男丁是皆大欢喜的事儿，可新贵偏偏计划带着老婆孩子一起到县城闯闯。其实年轻人闯荡闯荡是好事儿，老宗之所以动气，是因为他心里清楚自己的孩子有啥毛病。再说了，就这么一个儿子，老宗还盼着他能继承手艺呢。这点心思扰得老汉寝食难安，闷气一直憋到了今天。

爷俩在院子里争执不休，老伴儿东劝西劝，但他俩根本没有平息的意思。杨双燕不劝架，反倒给丈夫打起了边鼓，一会儿说谁谁谁买了楼房，一会儿说谁谁谁开了小车，添油加醋地说风凉话，气得老两口用白眼儿招呼她。

“爹，这都什么年代了，你还守着田里几亩地、院里几头猪！”新贵喊道。

新贵嘴上说着老宗落伍，言外之意就是想要分家单过。

这也不怪新贵，娶的“好媳妇”枕边风刮得紧，学好不易，学坏快着呢。

宗祖成见儿子新贵是铁了心了，便丢下一句：“分家。”

这两个字一出，杨双燕眼里闪过一丝笑意，但不足半秒又被她强行收了回去。

宗家祖孙三代都住在祖宅里，这青砖红瓦的宅子，演绎着宗家的悲欢离合，但纵使打闹，也没有人真正地在这个宅子里分过家。分家意味着，同一屋檐下，各揣各的心！

宗家一共有三间堂屋，东西两间住人，中间是厅堂。厅堂的门开在正中间，进门迎面靠墙摆放着一张长桌子，上面供奉的是宗家的祖先宗泽的画像和一鼎香炉。

春夏秋冬，四季更迭，宗泽的目光总是注视着这个普通的家庭。

宗祖成老婆冯盼盼走到他面前劝着问：“他爹，真要分呀?”

老宗生气地从嘴里蹦出一个字——“分”，腮帮子肉一动一动的。

话音刚落，冯盼盼的眼泪唰地就下来了！

分家说明家门不宁，说明父不慈、子不孝。在这方圆百里，看似家家关门过日子，但村镇的人大多喜欢打听是非、说家长里短，这么一来，宗家绝对会成为人家的笑柄。

宗祖成看到老婆哭了，顿时心一软，转身进屋。

宗新英拉着儿子林月明走街串巷拜年。当地的习俗是若父母尚在，出嫁的闺女大年初一中午要在娘家吃饭。

上午11点，新英拉着儿子走在回娘家的路上。母子俩说说笑笑地走着。还没走到外公家门口，小月明就扯着嗓子喊："外公、外婆、舅舅、舅妈，磕头了。"

可院子里并没有传来回应，小月明有些失望。

"鞭炮声太大了，他们在家里没听到吧。"新英摸了摸小月明的头，安慰道。

母子俩进屋的时候，大家都黑着脸。新英看了看母亲的眼睛，把母亲拽到了后屋，问："娘，你哭了？"

冯盼盼有些伤感地说："新英呀，娘就你这么个贴心人了。新贵娶了媳妇忘了娘，可你爹思想保守，总觉得养儿防老，可怜了你。娘知道，你孝顺，今天你爹要分家，咱家什么也没有，让你弟闹去吧，但咱家的"宝贝"，必须放你那里，千万不能让你爹知道。"

新英听到要分家，连忙两边劝。

新英是宗家的老大，可嫁出去的女儿如泼出去的水，说话并没什么分量。

她前脚进门，丈夫林江就拎着好酒进来了。

正在气头上的宗祖成看见女婿拎着好酒，也懒得招呼。而新贵借着姐夫拎好酒来拜年的由头，又开了一"枪"。

"爹，你看到没？这就是城里人和农村人的区别，我要是进城了，天天给你供好酒。"

此时的林江，脸上有点挂不住，宗家的是非他多少知道一些。顾及妻子，他只好把酒放在桌子上，转身就去院子里了。一股窝囊火在心里烧着，其实林江并不是什么体面的城里人，他在镇上干工地的活，勤勤恳恳、任劳任怨，和新英结婚后，踏踏实实过日子，手里的活儿越来越多，日子过得有滋有味。本想着逢年过节孝顺孝顺岳父，没想到又刺激到了小舅子，他心里暗想着："人穷志短，马瘦毛长。"

这时，杨双燕抱着一岁的儿子宗俊进了屋，母凭子贵，分家这么重大的事，哪能少了她啊。别看她今年才23岁，说起话来神气得很。

"现在谁还喂猪啊，一年没多少收入不说，还整天累死累活的。幸好咱家在镇子边上，要不然就这猪圈的臭气，邻里也不和睦。"新贵溜着媳妇的话边儿，继续说道："你说咱爹，就守着养猪、种地、做火腿，我这也有了儿子，总不能跟咱爹一样，窝窝囊囊过一辈子吧。"

新英听着弟弟两口子说这样的话，也窝了一肚子的火。

媳妇毕竟不是一把屎一把尿拉扯大的，想怎么说都随她，但看到新贵这般态度，当爹娘的真寒心。冯盼盼默默地走出了厅堂。宗祖成开口道："村南头为给你结婚盖的房子是你的，这个老房子我跟你娘住，百年之后都归你。六亩地咱们两家平均分配，等我们'走'了之后，我们的三亩地也归你。为了给你娶媳妇盖房子，我还欠6000块钱，这债怎么还？你看怎么分？"

一屋子的人都低着头不说话。宗祖成从口袋里掏出火柴和烟，点燃一根烟抽着。

烟头的火光，让这个屋子稍微温暖了一点点。

冯盼盼看了看儿子新贵。目光对视的一瞬间，新贵逃开了母亲的眼睛，他没脸对视。冯盼盼不识字，是个传统的农村妇女，但对儿子可是宝贝得紧。在新贵七岁那年，她为了抢救发高烧的儿子，抱着他一口气跑了三里多的山路去医务室。新贵被抢救过来了，可她自己得了支气管咯血的毛病。新贵小时候股骨头脱臼，她从儿子出生一直抱到他快四岁，直到孩子骨头都长好了，才敢放手。父母对儿子含辛茹苦的付出，竟然换来儿子一句“窝窝囊囊”。

大年初一，家家张灯结彩，偏偏宗家闹着分家，可事已至此，又有什么办法?

冯盼盼失望地走进厨房，她要给孩子们包顿馄饨。

别说是吃馄饨，就算是吃山珍海味，宗祖成和冯盼盼也没心情，可新年还得按照老规矩来过。

"馄饨煮好了!"冯盼盼面无表情地端着一碗热气腾腾的馄饨走进堂屋，把碗放到宗泽像前，又从抽屉里拿出香火，点燃了插到香炉里。

"祖宗保佑宗家子孙出门平安，事事顺心。"

冯盼盼跪在祖宗画像前，虔诚地磕头祈祷。其实，她想祈祷的不只是平安、顺心。这一刻，她哽咽了。

人的善良，使世间的恶有了可乘之机。在老两口的心里，藏着一个秘密。20年来，他们守着秘密不敢声张，在他们的世界里，平平淡淡就是幸福。可是，在新贵和杨双燕的心里，贫贱夫妻百事哀!

其实，新贵两口子之所以闹腾，是因为他们听邻居岳金山说过关于"宝贝"的事儿。这"宝贝"，在别人口中总是充满着神秘色彩。杨双燕心想，宗家就新贵这么一个儿子，自己又争气地生了孙子，即便宗家有金山银山，也得给他们，但是平日里，自家公公就知道养猪种地，没有一分外财显露出来。天长日久，杨双燕心里生了"内鬼"。与其守着个无影无踪的神秘传说，整日照顾老的、伺候小的，还不如

早点顶门立户，过自己的小日子。此外，杨双燕心里还打着一个小算盘，她准备借着分家的机会，看看公公的态度，如果真有“宝贝”的话，分家是敛财的最好时机。

谁知，除了房产，新贵家没有任何可敛之财，公公竟然还说了欠钱的事儿！

宗祖成口口声声说：“这些，我活着是我的，我死了才是你的。”

可这空口无凭的气话，鬼知道会不会兑现！

杨双燕心里暗想：“早死早利索。”

外面传来的鞭炮声提醒着新年的到来，宗祖成跪在列祖列宗的牌位面前，意外地发现家传“宝贝”不见了！

他脑袋嗡嗡直响！这个家，只有他一个人知道这个秘密，其实，他无心隐瞒老伴儿，但经历过战乱、“文化大革命”动荡的他，已经草木皆兵。他想，自己身子骨硬朗，有生之年，一定能将这“宝贝”完好地传下去，多一人知道就多一分危险。他日日盼着儿子新贵长大成人后能接过这家族的使命，可谁知，新贵爱耍小聪明，娶了媳妇之后又是个“妻管严”。

宗祖成的心里时时刻刻都有两个小人儿在斗争打架，他总能想起父亲在临终前的交代：“秘方是自制火腿的金方。秘方传到良心者手中，百姓方可无碍，如果传到无良商家那里，火腿可要人命。因为，有一个至关重要的环节……”

现在秘方“不翼而飞”，宗祖成心里就像蒙上了一层灰。如果在儿子新贵手中，新贵这个“兔崽子”会不会把秘方卖了，或者和杨双燕合谋干点什么坏事儿？如果到了女儿新英手中，又有悖于老祖宗留下的传男不传女的家规。

女婿林江从宗家院子走到大街上，又从大街上走回院子。

小月明坐在沙发上看电视，嘟囔着：“饿，饿。”

饭桌上，每个人的神态都不太对劲儿。大年初一，这么一顿“寒心饭”就算吃完了。家，也分了。平日里人气十足的宗家院子，现在冷冷清清的。

自分家之后，老宗更是心事重重，在外人面前他不愿意多提家事，内心郁结，郁郁寡欢。

春去秋来，对于土埋半截子的老宗两口子来说，日子索然无味，哪天闭眼都一样，活着没了盼头。每当绝望的时候，老宗总能想起那个秘方。凭空消失的秘方，牵扯着他的精气神儿。他一遍遍地对自己说：不能倒下，不能坐视不理。

过完年，新贵拖家带口地去了义乌县打工，宗祖成和冯盼盼在家种田、喂猪、酿酒、腌制火腿。

光阴似箭催人老，日月如梭赶少年。时间一晃13年过去了，来到了1999年。

义乌县早摇身一变成了义乌市，也跻身全国三线城市行

列，时年36岁的新贵与杨双燕一起在这里闯了13年，他们开了水站，买了房子。

昔日里牙牙学语的宗俊已经长成14岁的小伙子，新贵和媳妇忙着事业，也不忘给宗家开枝散叶，来义乌的第三年，宗家又添新丁，小宗鹏出世，现在也有10岁了。

好多人都抱怨命运不公平，但新英和丈夫可不这么看。这些年，林江从工地上干零工的小工开始做起，不怕苦、不怕累，早在几年前就抓住机遇，组建了一个装修队。新英也跟着林江打下手。之前，新英还隔三岔五地回娘家坐坐，自从跟着林江的装修队忙活，她一年到头去的次数，掰着手指头也能数完。钱自然越赚越多，口碑也越来越好。儿子林月明更是锦上添花，孩子天资聪慧，书读得好，人也本分踏实。16岁的月明，是林家的希望，更是林江和新英奋斗的动力。

生活就是这样，物质生活容易满足，但精神生活难以平衡。

2000年，林江掏钱给新英父母的老宅安了电话。没安电话前，儿子新贵每年还回来几趟，自从安了电话，新贵回来的次数就变得更少了，如果过年磕头能用电话代替，估计连过年也不回来了。

时光不饶人，现在的宗祖成真的从“大成子”变成了“老宗”，冯盼盼也变成了邻里口中的“英子娘”。眼看年近花甲，连一天福也没享到，老两口开始认命，总是怪自己上辈子没积德，所以这辈子儿子不孝。

老宗的身子骨没有年轻时硬朗了，英子娘也添了半头白发，再加上平日里做的都是些粗活，所以他们看上去明显老了许多。老两口天天守着空荡荡的家，院子里除了会拉屎哼哼的乌猪之外，就没别的了。

日子过得越来越没盼头，但是，老宗心里始终有个结放不下：他的秘方到底在谁手里？

他不敢跟儿子提起秘方的事儿，怕打草惊蛇，如果错怪了儿子，那秘方的存在足以让杨双燕闹个鸡飞狗跳。他老了，真的怕事。

可话说回来，如果不是新贵偷的，那就是新英。秘方到了女儿手里，她到底想干什么？

退一万步想，最坏的结果就是秘方落入外人手中，但这么多年过去了，老宗暗自观察，这个镇上没有人新张罗火腿买卖，火腿贩子还就是那么几个。

转年秋天，镇上有人嚼杨双燕的舌根，说她背着新贵有了外心。说这几年杨双燕帮着新贵打理水站，认识不少三教九流的人。眼看新贵人到中年，"力不从心"，这女人就开始琢磨起后路了。

老宗耳朵里的闲话自然是岳金山传的。那是在老哥几个下棋的时候，老宗双炮将死了岳金山，眼看着就要败下阵来，岳金山脱口而出："这真是螳螂捕蝉，黄雀在后啊。你们新贵要是有你这两下子就好喽，认输认输，我认输。"说

完话，岳金山撇着八字脚，端着茶水杯就要走。老宗听他话里有话，就叫住了他。

“老岳头，你这含沙射影的，到底是什么意思？老骨头一把了，怎么说话还卖起关子了？”老宗说。

老岳心里憋着邪火，打算一不做二不休就捅破了说出来，但他脑子里又有念头一闪而过：“不行，万一传言有假，我不就变成搬弄是非的人了？他家新贵能善罢甘休……”于是他说道：“我是说新贵在城里这么多年，买卖做得不错，你们家娶了个好儿媳妇啊！”

说完，一个人径自走了。

老宗一头雾水。他了解岳金山，这个人无风不起浪，若不是知道点什么，绝对不可能在这里阴阳怪气的。

老宗决定进城找儿子一趟。这次没有事先通知，他心里揣着疑惑，想亲眼去看看。

水站的牌匾赫然悬挂，因为是午休时间，水站里人不多。老宗没有敲门，而是直接推门进了水站。

水站分前屋和后院，前屋办理业务、洽谈生意，后院是储水场，一桶桶水靠墙而立。在前屋和后院的夹层处，是卧室、厨房、卫生间，不忙的时候，新贵和双燕可以在卧室休息一会儿。

老宗刚进前屋，红外线门铃就突然叫了起来：“欢迎光临。”老宗着实吓了一跳，喂猪的人哪知道这是啥高科技。门铃安静了，双燕从屋子里走了出来。一看是公公，她第一反应是惊呆了，紧接着大喊了一句："你怎么来了?"老宗看见儿媳妇出门迎人，不便再往里边走，就索性坐下，问了问新贵的去向。老宗嘴里说着家长里短，但心思没在谈话上，就在刚刚，他听见匆匆的脚步声和关门声，他知道这个水站还有个后门。

突袭未遂之后，老宗更加焦虑。他不敢跟英子娘说，怕平添烦恼，就这样一个人忍着，等着。

时光荏苒，2004年的年头"敲打"着岁月。老宗和老伴儿都63岁了。儿子新贵到义乌打拼已经18年了，大孙子宗俊去义乌的时候才1岁，如今已长成了19岁的大小伙子，二孙子宗鹏也15岁了。

知了在树上叫着，蚊子在屋里屋外肆意飞着。堂屋里，老宗拿着苍蝇拍百无聊赖地挥着，突然一声响，打破了无聊的生活。

"哎，他娘，你怎么了?"虽然老宗走起路来比年轻时慢了些，但他还是加急脚步，循着声音而去。

英子娘在祠堂里摔倒了，看样子摔得还不轻!

"他娘，我去喊邻居，你忍忍啊。"

老宗见老伴儿摔得不轻，吓得直喊邻居的名字。他那惊慌的叫喊声在街道上响着，听见喊声的邻居们都跑了出来。很快，女儿新英也闻讯赶了回来。

邻居大河开着面包车，拉老宗、英子娘和新英前往五里

外的骨科诊所。

放射室内，新英扶着母亲配合医生做着检查。老宗在放射室外焦急地来回踱步。

医生给英子娘进行了仔细的检查，不久后X光片也出来了。

医生拿着X光片仔细地看了好几遍。

“医生，我娘没啥事吧？”新英着急地等着医生的回答。

“唉，毕竟大娘岁数大了，从片子上看，大娘是闭合性单处肋骨骨折……”

“医生，严重吗？用不用做手术？”还没等医生说完，新英就迫不及待地问。

“骨折两端有上下肋骨和肋间肌支撑，所以大概在2—4周内就能自行愈合了。”医生答道。

听到医生说不用做手术，新英放心了，倒不是担心做手术花钱，只是觉得做手术实在受罪。

英子娘在检查过程中一直处于紧张状态，听到医生说自己的伤过段时间就可以愈合，悬着的心也就放下了。万一行动不便……唉，她不敢想下去。

新英付了看病钱，大河又开着面包车，拉着他们原路返回。乡村的路难免颠簸，英子娘疼得冒了一头又一头的冷汗。

面包车终于到达了宗家门口，新英没喘一口气就把母亲背进了屋。

她谨遵医生叮嘱，让母亲躺在床上静养。

傍晚，新贵开着面包车往家赶。

车子在柏油路上开了40分钟。一到家门口，他连忙进堂屋。

“娘，你岁数大了，以后走路慢点。”新贵坐到床边安慰母亲，或许是在外面打拼经历了风雨，自己也养育着两个儿子，他终于知道父母的不易了。

“你在外面也不容易，家里啥也不缺，你不用担心。”母亲这个时候想的仍然是儿子新贵的生活。

“姐，医生怎么说?”新贵问。

“医生说骨折差不多一个月能痊愈，不过咱娘岁数大了，俗话说，伤筋动骨一百天，我看还是让咱娘静养三个月为好。”

“下午回来时，燕子还交代明天上午必须给几个老顾客送水呢。”新贵这“妻管严”的毛病又犯了，娘都骨折躺在床上了，他还一口一个老婆呢。

当娘的听了这话，哪能不寒心。这时她也发现新贵今天是空着手回来看摔伤的自己的，指望他在家照顾，想也别想。

老宗在院子里喂完乌猪，进屋听到儿子的话后，他对着儿女轻声说了句：“你们都忙去吧，我在家照顾你们娘。”

这句话可把新贵高兴坏了。

自从1986年春节分家后，新贵和媳妇就到义乌打工，

两口子不仅要打工，还要照顾孩子。好在后来他们开了个水站，养家糊口不成问题。夫妻俩虽然对父母有所亏欠，但对孩子还算用心。他们起早贪黑，也算赚了点辛苦钱，但杨双燕心术不正，买卖干的时间长了，她心里就转起了花花肠子，本就爱耍小聪明的新贵也跟她狼狈为奸。从1999年开始，水站成了杨双燕的社交网，也成了她的挡箭牌。

这掩耳盗铃的把戏，暂时别人还看不出破绽，但是他们忘了，老天有眼呀！

“爹，娘看病缺钱不？”新贵心惊胆战地从嘴里挤出了几个字，心脏扑通扑通直跳，生怕老爹老娘说缺钱。

老宗抬头看了一眼儿子，那言不由衷的表情连躺在床上的老伴儿都看不下去。老宗摇了摇头。

“我那个水站挣不了多少钱，光桶就押了不少钱呢。”新贵低着头，两只手攥着裤缝，好像能拧出水似的。

老宗看了看窗外，用手指着外面黑下来的天，催新贵回去吧。心不在家，多留几分钟有啥用。

新贵刚要走，老宗突然问：“新贵，你拿我什么东西没？”

新贵被父亲的话问住了，挺了挺腰杆，说：“我拿你啥了？”

老宗没说话，屋子里一片安静！

新贵又不屑地说：“你是不是在说那个大挂钟？哎，你孙子说要学收藏，上次我来就拿走了。你和我娘上山割草去了，我就没特意告诉你，那破玩意，给小孩子玩的。”

说完，新贵快步走出门，背影显得鬼鬼祟祟的。

老宗气得拍桌子，口中骂道：“不可能是他，他连个破碗都要，捡到宝贝怎么可能连个屁都不放，不是他，不是他。”

英子娘在床上躺着，什么也不想说，于是轻轻地闭上眼睛。

新贵刚走，忙碌了一天的女婿林江穿着工作服拎着补品来了。40多岁的林江刮起腻子来一点也不亚于20岁出头的小伙子。他恨不得把全镇的装修活都承包下来。老天不会亏待勤劳的人，所以林江家的日子过得越来越好，更值得一提的是林江的儿子林月明，现在读大二，成绩好得不得了，还在全国比赛上拿过一等奖呢！

“娘，我来晚了，刚忙完东街那边的装修。您现在感觉好点了吗？”林江进屋后关心地问。

“已经好多了。”英子娘答道。

新英跟林江说了几句悄悄话，然后林江从兜里掏出了几张一百元给她。新英接过钱，跟林江说今晚在娘家住，林江在老丈人家坐了一会儿后就起身走了。

“爹，我今晚跟娘在东屋睡，你在西屋睡吧。你累了一天了，好好休息。”

晚上，新英翻来覆去睡不着。第二天天刚亮，她跟爹娘

说家里有事，回趟家。

“久病床前无孝子啊。才第二天，人都没影了。”英子娘叹着气。

新英家离娘家不远，走路只要十分钟。她进了自家院子，看见林江正启动面包车准备出去干装修。新英急匆匆地走到林江身边，跟他商量把自己爹娘接过来住，林江点头同意。

“大江，要不趁着爹娘搬过来住，给他们家的堂屋和灶间装修装修吧。”新英语气柔软地跟丈夫说。

“搬过来住也就算了，还给他们家装修，这是我的儿子，可不是你们宗家的儿子。”新英的婆婆气鼓鼓地从堂屋走出来。

“娘，大江要是没时间，我就自己去装修。您这么大岁数了，别生气。”新英赔着笑跟婆婆说。

“你去装修，花的不也是我们林家的钱吗？”老太太嘴上不饶人。

“娘，我嫁到林家这么多年，伺候你老人家，我没功劳也有苦劳是不是？你要吃饭，我给你做；你衣服脏了，我给你洗；你病了，我伺候你。我娘摔伤了，没人管，我当闺女的也这么狠心不管吗？”新英无心顶撞婆婆，只是昨晚她在娘家翻来覆去睡不着，想着母亲有骨伤，娘家是老房子，屋里返潮得厉害，她就琢磨着如何能将接父母回家住和装修这两件事同时办成。

“我先把话搁前边，不许住我这堂屋。”婆婆说完，气呼呼地转身回屋。

听见婆婆的话，新英笑着看林江。林江有些无奈，但他是真的心疼媳妇，想着替媳妇尽孝心，也就一口答应了。

林家三间堂屋、三间东陪房，镇子上历代传下来的规矩是，长辈住堂屋，晚辈住东西陪房。虽然堂屋住不了，但林月明在北京念大二，可以住他的屋子。

老宗和老伴儿搬到林家头几天，林江娘吃完饭就回屋躺着。想给亲家摆脸色吧，又怕媳妇不高兴，可她打心眼里高兴不起来。

老宗人实在，知道“人在屋檐下，不得不低头”，只要见到林江娘，他就笑脸相迎。自从搬到林家住，每天一大早他就把林家的院子和门口街道打扫得干干净净，把垃圾也倒掉。

老宗活了60多年，这是他第一次离家，虽说是住女儿家，但心里还是不踏实，他惦记家里的乌猪，也惦记他的老院、老街。林江在宗家“大兴土木”，干得热火朝天。老宗没事就两头跑，看看乌猪，再看看自己的老宅。

其实，老宗心里也藏着一个秘密，趁着这次到女儿家住，他也要找找他的秘方在不在新英家！

贰

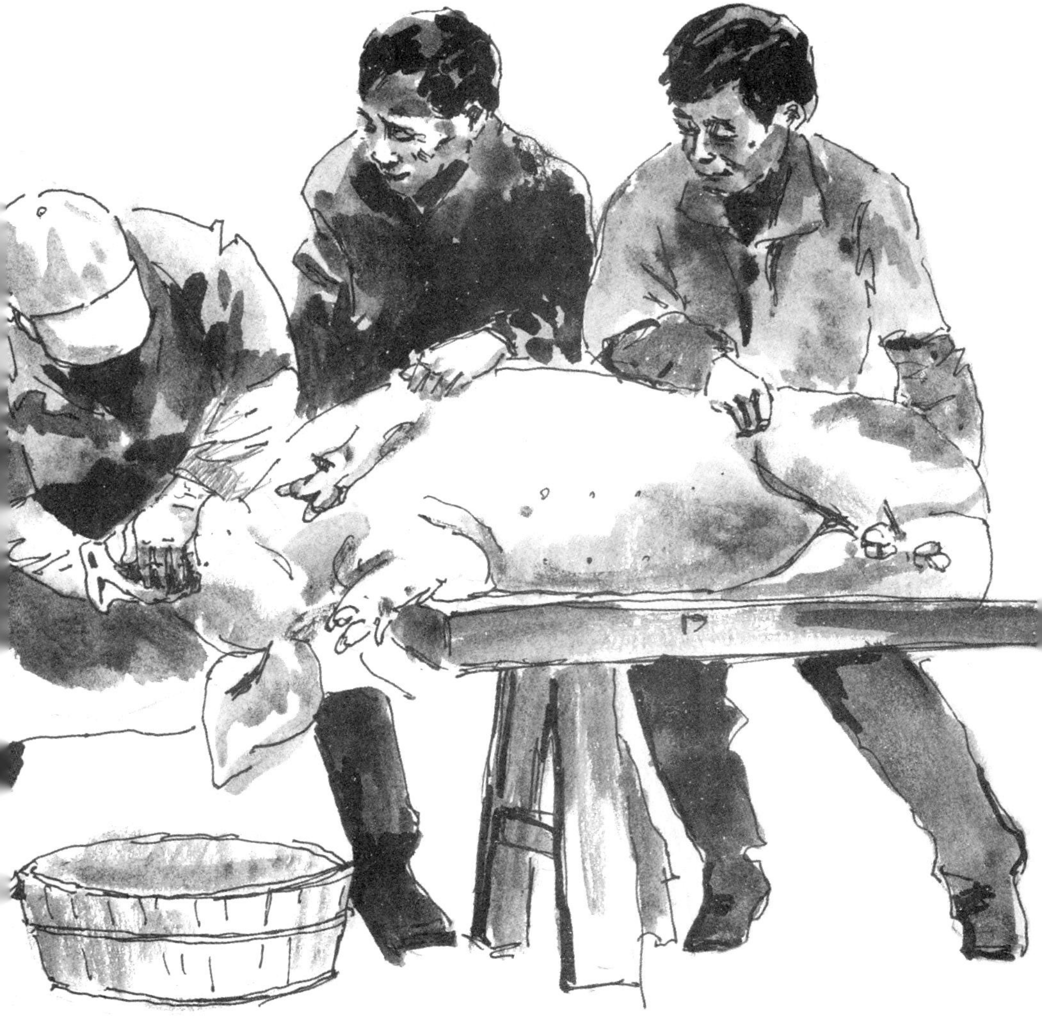

北宋末年，战乱不断，宗泽大破金兵。金华的乡亲们听说宗泽将军打了胜仗，从抗金前线回来的消息后，都自发地赶到宗泽的老家——义乌廿三里镇看望宗泽。他们杀猪做酒，肩挑手抬地将食物送到宗泽的住处，让宗泽带回去慰劳那些抗金的将士。面对这么多猪肉和美酒，宗泽非常感激，可他又觉得很为难。

家乡义乌离开封路途遥远，这些新鲜的猪肉若被带回去，还不变味儿了？宗泽思来想去，终于想出了个好主意。他派人准备了几艘大船，把猪肉放到船舱里，然后撒上盐，把猪肉腌起来，再带回开封去。皇帝看到那一盆盆火红的东

西，好奇地尝了几口后赞叹不已，问宗泽："这是什么？"宗泽随口说了句："金华火腿。"从此这种肉就成了皇帝钦点的贡品。

老宗的先祖是最早研究秘制火腿的人。经过历朝历代的传承，宗家把这秘方保留了下来。

1938年，日本侵略军席卷中国，当时的日军大佐牧野次郎听说金华一带盛产"火腿"，几经周折找到了老宗的爷爷——时年60多岁的宗成大。迫于压力，宗成大给日本人做了一顿"丰盛"的火腿佳肴。

牧野次郎心怀鬼胎，想得到这种秘制佳肴的配方。宗成大给了牧野次郎一个假的秘方，然后连夜带着老伴儿、儿子、儿媳一家人逃跑了。

1942年，宗祖成在颠沛流离中出生。

1945年抗日战争胜利后，宗成大又带着家人回到了老家廿三里镇。这个秘方是宗家一代代传下来的，喂猪和腌制火腿的手艺也一代代传了下来。

宗祖成打记事起就跟着爹娘到鸡鸣山割草来喂乌猪。每到做火腿的那几天，父亲总是将自己关在小黑屋里，一个人从天亮忙到天黑，然后就有了一只只漂亮的火腿。

1958年，16岁的宗祖成经镇上张媒婆说媒娶了邻镇丹溪村的冯盼盼。结婚第四年，冯盼盼生下女儿新英，之后又添了儿子新贵。他们和镇上的很多人家一样种田、用闲粮酿酒、喂乌猪，俨然在鸡鸣山下过起了“采菊东篱下，悠然见南山”的田园生活。虽然日子清贫，但完全可以自给自足。

农家的院子都比较大，西墙边猪圈里的乌猪吃着草，摇着尾巴，南墙边晾晒着前冬腌制的火腿。

一阵风吹过，吹落了几片叶子。转眼秋天到了，住在亲家家里的老宗像往常一样伺候完老伴儿吃早饭，又打扫了林家的院子，然后背着背篓到山坡上割草。他走出镇子，看到前面赶着羊群往山坡走的同镇人岳金山。

岁月催人老，岳金山头上裹着白头巾，一身粗布衣服被岁月磨出了一道道光亮的痕迹，脚上的棉鞋是在镇上十来块钱买的。他年轻时讨过一个老婆，可第二年老婆难产，母子丧命，由于家里条件不好，他之后就一直打光棍。

看见岳金山后，老宗脸上露出一丝尴尬，他故意放慢了脚步。

岳金山平日里以放羊为生，50多只羊散散落落，前后拉出十多米远的距离。他挥着鞭转身赶最后一只羊，这时他看到了不远处的老宗，岳金山冷笑一声，朝老宗走去。

“呦，祖成哥，听说你和嫂子搬到闺女家住了，还是有个闺女好啊!”

老宗笑着说：“明天儿子就回来了。”

“嫂子摔倒了，我本想去看看，但你们住亲家家里，我去了不合适，等你们回来，我去看看嫂子。”

岳金山说完就哼着小曲、挥着鞭子放羊去了。

老宗叹了口气，朝另一条山路走。

新英隔三岔五地买些排骨回来，炖好后，盛一半端给婆婆，再把剩下的盛好端给自己的父母。这些天除了洗衣做饭，伺候三个老人，还要忙娘家的装修，可把新英累坏了。吃过晚饭，她收拾干净灶间就早早地躺下睡觉。

外屋的电话响了，新英挣扎着起床，走到外屋接电话。

电话是新贵打来的，面子上是过问父母的情况，实际上是来探听老人的口风，毕竟这些年来，老人从没离开过家，这次突然搬到姐姐家住，让新贵心生疑惑。其实新贵本性不坏，这背后的鬼还是杨双燕捣鼓出来的。

新英挂了电话，难掩心中愤怒，她暗自赞叹母亲的做法。秘方，不能落在新贵的手里！

老宗的堂屋和灶间装修好了，镇上的人议论纷纷，有人说，养儿不如养女婿；有人说，女婿是有所图。总之，在老百姓的唾沫星子里，是非黑白，难以辩解！

林江给老丈人家装修了一个月，把老房子装修得像结婚用的新房似的。英子娘在亲家家里住了一个月，身子骨渐渐好起来，可以自己下地走路了。

宗家已经装修好了，住在别人的屋檐下毕竟不方便，老宗答谢过亲家林婆婆，然后就和老伴儿回了自己家。

回家后的第一个夜晚，老宗和老伴儿两个人都辗转反侧。养儿，是中国自古传承下来的习俗。在农村，没有儿子，腰杆永远直不起来；没有儿子，意味着祖辈没积德。

但，有了儿子，想要的依赖和保护却迟迟不到，眼看着孙子都成人了，儿子依旧指望不上！

这一夜，老两口都偷偷抹了眼泪，尤其是老宗，儿子不成器，秘方也消失得无影无踪，有苦难言的滋味，让他很不好受。

老宗索性披衣下地，走到院子里猪圈旁边抽起了烟。

英子娘知道老宗心里难受，想把压在心里的秘密告诉他，但从老宗的叹息声中，她能够清晰地感觉到，老宗对新贵还有期望，不然他不会如此不安。

英子娘犹豫了片刻，最后告诫自己：时机不成熟！时机未到呀！

乌猪的成熟周期短，农历二月开始养猪仔，进入十月就到了杀猪、腌制火腿的时候。旧日里，家家户户养猪，谁家杀猪，邻居们都来帮忙。其实杀猪也用不了多少人，五个汉子就够了。20世纪90年代开放搞活，本本分分的农民也开始活跃起来，做买卖的、进城务工的都有，留下来养猪的少了很多，到现在就剩下零零散散五户人家，所以每年入冬，这五户人家就开始“抱团取暖”。

这日秋高气爽，老宗家要杀猪。一大早，老宗就开始准备祭祀品，他把点心摆盘放在厅堂中间的宗泽像前，又点了三炷香插到香炉里。

老宗跪在宗泽像前虔诚祈祷，眼眸微微闭上，口中念念有词。正在老宗拜祭之时，儿子新贵和媳妇杨双燕破门而入，满脸愤怒之色。

拜祭祖宗讲究礼数，男人可以进祠堂，女人不能进。

杨双燕的出现，让老宗翻了脸。他目光如炬地盯着无礼的儿媳妇，也狠狠瞪了一眼无能的儿子。

本在义乌的新贵和杨双燕招呼也不打地回了老家，显然是有预谋的。

“双燕呀，有什么事一会儿再说。”老宗喘了口粗气道。

杨双燕气场强势，言语上也不退让，她说：“爹，家有长子、国有忠臣，分家后我们顶门立户，不吃你们的、不喝你们的，娘受伤的时候，我和新贵都忙，看得少了，你们不能因为一时做不到，就把这祖产给了外人呀！”

这突如其来的质问，让老宗丈二和尚摸不着头脑。

祠堂里，死一般的宁静！

老宗压不住气了，他没有辩驳房产的事，反言道：“这里没有你说话的份儿，新贵，你要还认我这个爹，就把媳妇给我赶出去！”

说完，老宗一屁股坐在祠堂边的椅子上，气得满脸通红。

新贵一看父亲生气了，就支支吾吾地劝媳妇，杨双燕依旧不依不饶，冲到老宗面前说：“好，今天我叫你一声爹，房子的事咱们先不说，毕竟你们二老还健在。但你那做火腿的秘方，总应该传给新贵吧！”

杨双燕刚说完，啪的一声，也不知哪阵风把盘子吹到地上了，也吹灭了祭祀用的蜡烛。几个人都惊呆了！老宗喊道：“新贵，跪下！”话音刚落，戒尺的抽打声像是平地惊雷，伴随着新贵的惨叫声。

杨双燕见状，退出了祠堂，她并不是怕老宗这个老顽固，而是害怕这宗家的神灵。

祠堂里，就剩下宗氏父子。白发人、黑发人，对峙着交谈。随后，老宗把杨双燕叫到屋子里，关上门，两个人谈了好一阵子，没有其他人知道交谈的内容，但老宗确实凭借着他的威严，平息了这场无厘头的风波。

太阳爬上了树梢，镇上的其他四个养猪户宗新生、宗宝生、赵大年、马双喜陆续进了院子。

老宗和老伴儿热情招呼，没有人知道刚刚发生了什么，之后又要发生什么。

帮手们寒暄了装修，恭维了孝顺，然后准备杀猪！

“上！”随着宗祖成的一声令下，其他四个人一起把猪按倒在地上，猪被死死地按住，挣扎不了，发出吱啦吱啦的惨叫声。老宗手里拿着杀猪刀，他顺着猪的脖子快速地砍下去，咔嚓一声，砍断了猪脖子上的动脉血管，同时他迅速把大铁盆放到猪脖子下方，瞬间，猪血从动脉血管流出来，流到大铁盆子里。等血放得差不多了，老宗把大铁盆端到一边，其他四个人有的按住猪，有的用绳子分别捆住猪的两条前腿和两条后腿，再把猪放到烧开的水里烫猪毛，猪毛烫得差不多后，老宗拿起刮刀开始刮猪毛，他刮猪毛可是出了名的好，干净彻底。

刮完猪毛后，老宗快速开膛破肚，其他人也分工合作。杀猪不仅需要技术和体力，更需要点胆量，一头差不多80公斤的乌猪很快就被他们大卸八块。

老宗把砍下的猪头清洗干净，拿到厅堂里宗泽像前摆放好，以示祭拜。

术业有专攻，一上午，大家分工合作杀了四头猪。娘家有事，新英自然少不了帮忙，她吃过早饭就来了，做了一桌子硬菜犒劳各位叔叔伯伯们。

一天的繁忙，让新英疲惫不堪，但为了父母，她还是咬牙坚持。看着昔日里健硕的父亲如今已经年迈，看着老人娴熟的技艺无人传承，她心里着急，却无从下手。

若说曹操跑得快，有一个人比曹操还快。这人便是远近闻名的猪肉贩子杨文龙。杨老板每年专门定期来收乌猪肉。精明的他每次都以低价收购，这回也不例外。

宗家院子里，按类放着一堆前腿、一堆猪后臀、一堆排骨等。这时一辆货车停在门口，杨文龙从驾驶座下来，走进院子。他手里拿着皮钱包，穿着一身阿迪达斯运动装，脸上一副奸相。

在村子里，大家把人与人划分开来，把那些赚大钱的叫作“白爪子”，寓意着他们不辛苦干活，手总是干干净净的；把那些面朝黄土背朝天的苦命人叫作“黑爪子”，寓意着他们整天和黑土地、牲畜打交道，所以手脏。

于是，就有人说这个世道是“黑爪子赚钱，白爪子花”。

想想也不无道理。老宗忙活了8个月喂养10头猪，1天杀了9头，除去这9头猪的18条后腿没卖，其他部位的肉都卖给了杨文龙，可才拿到16000多块钱。怪不得儿子说他守旧，一年1万多元收入，作为老人的花销还可以，但儿子成家后养着孩子、老婆好几口，这点钱都不够供两个孩子读书。

“大爷，腊月我再来一趟，把你家去年腌制的火腿收走，还是老价钱哈。”杨文龙和大伙儿一起把过了秤的猪肉搬到停在门口的货车上。

“爹，你把这些后腿也卖了吧，别再腌制火腿了，忙活了大半年，也该歇歇了。”新英劝着父亲。

还没等老宗开口，杨文龙立刻走到新英面前，说：“姐，这你就不懂了，大爷做的可不是普通的火腿，那是艺术品。不仅这艺术品能吃，大爷的腌制技术也是一种手艺。我可不是一个商人，我是一个寻找老手艺人的慈善家。”杨文龙挥舞着胳膊，说话的语调抑扬顿挫，逗得大家开怀大笑。

杨文龙八面玲珑，但有一点他没说错。金华人身在火腿之乡，自然嘴刁、要求高。在火腿界众多品牌中，老宗家的火腿确实叫好叫座，在市面上也非常稀缺。但这些都被杨文龙掩盖了，这些年来，老宗的火腿成了他的私人订制，而他的客户中不乏身份显贵者。

把猪肉装上车后，杨文龙又跟宗新生、宗宝生、赵大年、马双喜确定好收货时间，然后开着车离开了。

太阳渐渐西下，新英摆好了丰盛的晚宴，必不可少的食材当然是火腿，色香味俱全的香芋蒸火腿、火腿冬瓜汤、拔丝火腿一一被摆上餐桌。

这天在客户家装修的时候，林江挥着胳膊飞快地干活，他想着早点干完去老丈人家帮忙杀猪。进老丈人家时，刚好赶上吃晚饭。

老宗特意拿出春节时林江送的好酒，犒劳帮忙的老伙计们，大家边吃边聊。

“火腿好吃。”林江嚼着一块火腿，忍不住夸道。

“是夸你媳妇做得好吃吧。”丈母娘笑着说。

“是爹腌制得好。”林江说着夹了一块火腿放进岳父碗里。

“大哥好福气，选了个好女婿。”宗新生向林江投去赞许的目光。

“就是，就是。”宗新生说完后，其他人附和着。

老宗夹住碗里的火腿肉，放到嘴里吧唧吧唧地嚼起来，嚼着嚼着，他脸上突然掠过一丝伤感。

“咱们现在吃的火腿可是几百年前宋朝皇帝钦点的贡品啊。可惜了，等咱哥几个化成一把灰，腌制火腿的手艺也许就没人会了。”老宗说着长长地叹了一口气。

“爹，超市里有好多牌子的火腿呢。”新英笑着劝爹。

“你懂什么？先不说腌制火腿的技术，就说腌制火腿的人。腌制火腿时要心静，耐得住寂寞；要面面俱到，对肉的每一丝纹理都有基本判断！将手、眼、心、法合为一体，才有可能做出好的火腿！”老宗打开了话匣子，不吐不快。

他继续说：“猪肉的品质，决定火腿的等级。这么多年来，我的火腿都是用乌猪肉做的，你们从小吃，不觉得口感上有差别，但内行人只要一品，就能知道乌猪的优势在哪里。没有乌猪，就没有劲道正好的弹脆；没有乌猪，就没有唇齿留香的体会。”

话音落，酒未停！说到传承人，席间的五位老者都湿了

眼眶，他们看似平凡，实际上手里、心里都有好玩意。

腌制火腿不能耽误，第二天，老宗便把自己关在黑屋里，准备配料。

不一会儿，他将五个黑色的瓶子收了起来，把长凳子和大木盆搬到院子里，再把一罐子盐巴放在木盆旁边。

老宗坐在木盆前，将洗干净的猪后腿放到木盆里，开始均匀抹盐。抹好盐后，他把猪后腿放到长凳子上，拿一根特制的木棍敲打猪后腿，给它整成琵琶形，接着翻腿、洗晒，挂到院子里搭好的架子上自然风干。风干后的猪后腿就被称为火腿，它的瘦肉呈玫瑰红色，肥肉晶莹透亮，肥而不腻，口味鲜美。最难能可贵的是，在自然温度下，金华地区的火腿贮存三四年之久仍能保持原有品质。

老宗坐在凳子上捶着老腰板，看着满院子挂着的火腿，像是在欣赏自己的艺术品。

农历十月，廿三里镇天气转冷，田里直到次年正月才有农活。老宗家杀了猪，制作了火腿，闲来无事的老宗每天早晨打扫完院子和家门口的街道后，就拎着板凳坐在镇子戏台边。镇上逢年过节才请戏班子过来唱戏，这个时候，没人唱戏，戏台边倒成了大家闲聊的“集散地”！

宗新生、宗宝生、赵大年、马双喜和老宗一样，入了冬就跟青蛙似的进入冬眠期。闲来无事，老哥儿几个经常在戏台子边碰见。他们聊得最多的话题就是腌制火腿，几个人相互切磋技艺，但最后往往是一声声长长的叹息。

其实，秘方“不翼而飞”，老宗早已锁定了“嫌疑人”。

在老宗心里，新英真是个孝顺的孩子，公婆照顾得好，外孙也带得好，对娘家更不用说。老宗想：“如果秘方落到了女儿手上，一定是老伴儿出的主意，那就暂且放着吧，反正秘方上的每个字他都记得。”

大家相安无事地过着生活。平静的水面，波澜不惊，暗涌何时澎湃？无人可知。

日子不紧不慢地晃着，随着一阵鞭炮声响起，2005年的春节到了。大年初一，宗家的老堂屋里颇为热闹。

满头白发的老宗和老伴儿忙里忙外，只要儿子、孙子们能回家看看，他们老两口就算忙活也心里乐。媳妇杨双燕看着重播的春晚节目，嗑着瓜子，像是串门的亲戚，新贵在厨房里帮忙切菜，女婿林江穿着围裙，站在炉灶前炒菜。

猪圈旁小屋里的架子上挂着几十只火腿，宗俊、宗鹏和林月明走进了小屋。

“这都是外公的心血。”林月明感慨道。

“表哥，你打算明年毕业后留在北京，还是去其他城市？”宗鹏问。

“这还用问嘛，表哥肯定是留北京，表哥的动漫作品可是获得过大学生国际奖呢。是吧，表哥？”宗俊一口一个“表哥”，叫得林月明特别不舒服。

宗俊这个人说话油腔滑调，还很势利眼，爱占便宜。林

月明2002年考上了中国人民大学动漫设计专业，他去年考上了北京财贸职业学院市场营销专业，两所学校离得不远，他就隔三岔五地去找林月明，顺便吃顿饭再走。若是得知林月明得了奖学金，他便以各种脑洞大开的理由来借钱，这次手机被偷了，那次女朋友闹分手，这绝对是遗传了他妈妈的基因。走出小屋时，宗俊还拿了两块火腿心肉，说是开学带些家乡特产给同学们尝尝鲜。

林月明打趣道：“你跟着外公学会了怎么腌制，还能在同学们面前露一手呢。”

宗俊耸肩嘲讽道：“你怎么不跟着爷爷学啊?”

“祖上传下来的规矩：传男不传女，传内不传外。我倒是想学呢。”林月明耸耸肩怼回去。

“表哥，你没事吧，把心思用到动漫上吧，将来开个动漫公司，记得雇我当个经理什么的。”宗俊打趣着说。

“表哥，趁着你在家，教我几道题吧。”这时宗鹏开了口。

宗鹏正读高二，他说着便拉林月明到堂屋，掏出物理书让林月明给他补习。林月明这个高考理科状元可不是虚的，虽说高中毕业快三年了，但牛顿定律、自由落体定律等，他还记得滚瓜烂熟。

林月明给他补习物理，宗鹏认真地做笔记。舅妈杨双燕看到林月明给儿子补课，于是拎着一大瓶雪碧走过来，笑着让林月明喝，对外甥比对公婆都好。

几个大人在厨房忙活了一上午，终于摆好了两桌菜。刚坐下，香芋蒸火腿、火腿冬瓜汤和拔丝火腿这些“镇山之菜”就被大家几筷子吃光了。

一大家子人说说笑笑地吃过了中午饭。

“爹，娘，我们先走了，水站那边忙。”新贵用手抹了抹满嘴的油。

“拿点火腿走吧。”老宗说着从小屋扛出一只火腿给他。

“你们都还没开学呢，留在家住几天吧。”奶奶看着两个孙子，眼里充满不舍。

“那我过几天再走吧。”宗鹏说着走向奶奶。

“别给你奶奶添乱，回去，回去。”杨双燕下令，宗鹏只好乖乖听话。

新贵把火腿放到车后座上，启动面包车，载着老婆、孩子离开了老家。

老宗和老伴儿站在门口目送着面包车远去，直到视线里没有车的影子了，他们才叹着气转身回屋。

大年初一闲人多，一到下午，戏台边准像往常一样坐满了聊天的人。在新英的劝说下，老两口拎着凳子去了戏台。

叁

在远山的小村落里，蓝天白云，自由呼吸。中国虽大，归结起来，无非是城和乡。近些年来，越来越多的非物质文化遗产被政府挖掘，而这些记载着岁月沧桑的特殊技艺，大多散落在民间，捍卫这些遗产的正是一辈辈平凡演变的老手艺人。

廿三里镇的老人双喜，中午过马路的时候让车撞了！

老宗听闻消息的时候，正和老伴儿在戏台边听戏。这个消息像颗炸弹，炸得大家都为双喜捏把汗。

老宗和老伴儿二话没说，就朝双喜家走去。他们的心在百米冲刺，但腿已经不听使唤了。

岳金山望着宗祖成匆忙离开的背影，“哼”地冷笑了一声。

老宗和老伴儿直奔双喜家，人还没走到门口，就听到院子里传来撕心裂肺的哭声，老宗手里拎着的板凳“当”的一声掉在了地上。

因伤势过重，双喜在被送往义乌市医院的路上就断了气。按当地习俗，大年初一是不准办丧事的，所以双喜的尸体被直接送到马家祖坟偷偷埋了。宗祖成、宗新生、宗宝生和赵大年站在双喜的坟前，一个个都沉默不语，他们的心事有相同处，更有不同处。

俗话说，一年之计在于春，可在2005年的春天，命运并没有安排一个好的开端，接着这一年的倒霉事接二连三地发生了。

二月初二龙抬头，这一天也是买乌猪仔的日子。像往常一样，宗祖成、宗新生、宗宝生和赵大年一起到镇集市上各自选了十头猪仔。

三月初，宗新生的儿子大鹏让他把猪卖了。宗新生一共四个孩子——三个女儿和大鹏一个儿子，所以他一直和儿子大鹏一家住在一起，没有分家，但三世同堂有喜有悲。大鹏的儿子瑞轩初中毕业后就到家电维修公司当学徒，如今20岁出头，到了谈婚论嫁的年纪，大鹏媳妇托媒婆给瑞轩介绍对象，可媒婆们听说他家院子里养着猪，光是嘴上答应，就是不给办事。

瑞轩可是宗新生家三代单传的命根子，这支宗家的香火能不能延续就靠瑞轩了。为了大局考虑，宗新生廉价卖掉了猪圈里喂养着的十头乌猪仔。随后大鹏推倒了猪圈，清理了院子。

发展就是不断地翻新历史，规律使然，可以理解。可是，守了一辈子的猪圈，老一辈人几乎都闻不到臭味，这是一种什么样的情感？

同时，双喜的离世也让老哥几个心里不是滋味！

那日，老宗把几位老朋友聚在一起，“遍插茱萸少一人”，悲凉的情绪令这些年过百半的老人哽咽了很久很久。

推杯换盏间，少了昔日的调侃和玩笑，大家意识到，生与死也许就在一瞬之间，即便灾难和意外没有降临，他们也已经可以料想到人生的尽头了！

酒，醉了人！

人，乱了神！

宗宝生也喝了个踉跄，他是“五人帮”里最老实的人，一晚上喝酒，闷声不吭，两只手交替着按摩小腿。

不足三个月后，医院传来噩耗，宗宝生得了肌肉萎缩症，这种怪病连大医院都很难治愈，更别说小县城的小医院了！

这一年夏天，宗宝生死于多脏器并发症。

一波未平，一波又起！

猪瘟是悬在饲养户头上的尖刀，廿三里镇难逃猪瘟一劫，赵大年家的十头乌猪全部死掉，无一幸免。

夜晚的冷风，吹散了人们心中的燥热。老宗和老伴儿站在猪圈旁，老宗一根接一根地抽烟，猪也通人性，隔着栅栏趴在地上悲伤地哼哼着。

老宗害怕呀，全镇就剩下他家这几头乌猪了，如果这几头猪再出事儿，那腌制火腿的手艺可真要失传了！农村夜晚的天空格外美，星星密密麻麻、忽明忽暗，就像一幅画，然而这么美的星空下，却有人发出一声声的叹息。

“等咱们埋到黄土里，这腌制火腿的手艺也就随着咱们埋进去了。”老宗有些伤感地说道。

“现在生活好了，孩子们不想学，我们也没办法，你就别操心了。”老伴儿安慰着。

“这手艺可是我们宗家一代一代传下来的，传了几百年了，可到我这儿就断送了，唉。”

镇上养乌猪、腌制火腿的就剩下他了，果然是物以稀为贵，往年杨文龙都是农历八月底才给老宗打电话，谈收猪头和火腿的事，今年七月初一一大早，杨文龙就亲自来到老宗家，而且还送来两只甲鱼。

无事不登三宝殿，原来杨文龙计划开办乌猪养殖场兼火腿加工厂，他一进门就亲昵地喊：“宗大叔，忙碌了一年辛苦了，听说婶子之前摔倒了，现在婶子身体好点没？”他说着把两只甲鱼往前一拎，说：“您看，我专门托人带了两只甲鱼来孝敬您和婶子。”

老宗正在院子里喂猪，老伴儿拿着扫帚打扫院子，他们看到杨文龙带着厚礼来，有些丈二和尚摸不着头脑，一只甲鱼市价好几百元，两只甲鱼怎么也要小千把块钱呢。老宗迎着杨文龙，问道：“杨老板，来就来吧，这么贵的王八，我们不能要。有事你尽管说。”

“什么杨老板啊，听着见外，叫我文龙。”

“杨老板，你提前来，是不是想看看猪养得怎么样了？”老宗说着带杨文龙走到猪圈前。十头乌猪“哼哼着小曲”，围着猪槽抢食吃，都长得膘肥体壮。

杨文龙掏出一支白沙烟递给老宗，边点火边拉着老宗商量。

“宗大叔，您真是把好手啊，不仅猪养得好，腌制火腿的手艺也是没人能比啊。”

“哪里，哪里。”老宗非常谦虚地摆手。

“宗大叔，您有这么好的技术，可辛辛苦苦一年还赚不到2万块钱。过去盖房子一块砖一毛钱，现在一块砖都涨到一块钱了，现在的钱禁不住花啊。日子过得不舒坦，人生多亏啊。现在就有个赚钱的机会摆在您面前，您要不要考虑一下？”

老宗很诚恳地跟杨文龙说：“黄土埋半截的人了，钱够花就行了。”

“宗大叔，您这话就不对了，谁能嫌人民币烫手。您听我说，您这养乌猪、腌制火腿的技术的含金量可是相当的高，这火腿卖得供不应求啊。要是咱俩合作开个养猪场兼火腿加工厂，把生产量提高上去，再销到市场上，哈哈哈，那咱们准能赚得盆满钵满呀！”

杨文龙说得绘声绘色，把宏伟蓝图描绘得波澜壮阔。但老宗心里知道，自己都这把年纪了，儿子又指望不上，下海经商，风险实在太大了！虽说自己不是什么暴发户，但比起过去，现在的日子简直好得没法形容。再说万一赔了呢，他绝不能冒这个险。

“杨老板，我可不是当老板的料。这事还是算了吧。”老宗婉言推辞了。

“大叔，您是不是担心赔钱啊，我出钱，您出技术，不会让您赔一分钱的，保证让您的收入比现在多上好几倍。”

杨文龙继续游说。

“岁数大了，操不了那么多心了。这日子过得挺好的，人呐，得知足常乐。”老宗说完朴实地笑着。

杨文龙劝了半天，嘴皮都快磨破了，可老宗就是铁了心跟钱杠上了，不同意。他眼珠子一转，想到可以去说服老宗的儿子，于是便急忙离开了。

杨文龙出了老宗的家门就开着车来到新贵的水站。

40多岁的杨双燕在义乌生活了19年，平日里新贵窝窝囊囊，送完水累得一身疲乏，夫妻俩的日子过得平淡无味。这几年，新贵也老了，两鬓有了白头发，而杨双燕呢，虽然打理水站累是累些，但毕竟不用风吹日晒，再加上城里人注重保养，她生怕一副土里土气的样让城里人看不起，更是每天在皮囊上花了不少钱和时间。她看上去还没40岁，跟大姑子宗新英比起来，就更显得年轻了。

她看到杨文龙来，赶紧上前迎着说：“什么风把杨老板吹过来了？”坐在一旁的新贵也笑脸迎人。

“我呀，无事不登三宝殿。”杨文龙说着坐了下来。

“我这巴掌大的地方可称不上什么殿，您有什么事直说吧。”

杨文龙把开办养猪场和火腿加工厂的计划和前景跟新贵夫妻俩连吹带捧地说了一遍，杨双燕听了，笑得就像春风拂面。

“养猪可不是那么简单的事，大年叔养了一辈子的猪，可他家的猪今年还得瘟疫死掉了。”

杨双燕心里明白自己公公的手艺值多少钱，刁难杨文龙的话，自然是说给新贵听的。

听杨双燕这么一说，杨文龙顺理成章地开始为宗家“做广告”，一边夸杨双燕有生意头脑，一边夸老宗的养猪手艺。

两个人兜兜转转，终于回到了正题。

“杨老板，如果养猪场办起来了，您挣得盆满钵满的，我公公是入股呢，还是拿工资呢？”杨双燕问。

“宗大叔忙活一年，又是养猪，又是卖火腿，还得种地，无外乎也就赚个2万块钱吧，跟着我干，我给他翻倍。”

“4万块钱？杨老板可真会说笑。我公公在家里才喂十头猪，如果办工厂养几百头猪，我公公的担子可重呢，他老人家这么辛苦给你打工，没准街坊还会在背后骂我们不孝顺呢。我看这事就算了，你另找别人当技术员吧。”

这不是明摆着要挟吗？廿三里镇只剩下老宗一个老手艺人了，还让人家找谁啊？

“双燕儿啊，你的想法是……”杨文龙也不绕弯子了，直接问。

“你投资，我公公出技术，五五分成。”杨双燕很严肃地开出了自己的条件，一点余地都不留。

杨文龙用手指敲着桌子，思考片刻后，他向杨双燕做了个“OK”的手势。

“跟什么人在一起真的很重要，以后我们宗家的好日子要靠杨老板了。”杨双燕说着给杨文龙倒茶。

“你们同意了，可你们公公不同意啊。”杨文龙有些担心。

“谁跟钱有仇啊，这个您就放心吧，我自有办法。”

杨文龙听了杨双燕的话，寒暄了几句后就匆匆忙忙走了，接下来他要为筹钱的事奔忙。

太阳渐渐落山，新贵洗了脸就钻进被窝，今晚的杨双燕格外温柔，她凑到丈夫的身边耳语道：“咱爹和杨老板的买卖要是成了，你以后也不用这么辛苦了！”

对于新贵来说，杨双燕的温存简直是“太阳从西边出来”。他一时间不知所措，僵硬地搂着妻子，脑子里想的是夫妻之间的那么点事儿，接着他一跃而起，抱着杨双燕保证道：“放心吧，放心吧，有我呢，有我呢。”

疾风骤雨之后，杨双燕突然想到一件事儿，她悄悄地凑到丈夫的耳边问：“你给我老实交代，那天在祠堂，爹跟你说啥了？对我你还保密啊？”

新贵皮笑肉不笑地说：“我爹说，你要不好好伺候我，就让我把你休了，宗家啥都是我的！”话题引出头，新贵也好奇那天自己的爹跟双燕说了什么，他刚开口，双燕就顾左右而言他地打岔。

这一次，杨双燕调动全部脑细胞，她要确保新贵把这事顺利办成！

第二天一大早，新贵夫妻俩便回了廿三里镇老家。

清晨的镇子没有城里热闹，马路边的路灯还亮着。老宗和老伴儿正在厨房吃早饭，听到一阵汽车轰鸣声，他们赶紧放下碗筷走出去。

“爹，娘，我们回来看看。”新贵把车停在大门口，下了车就冲着厨房喊。

“你们那么忙，大早上的回来干啥？我跟你娘都好好的。”老宗见是儿子和儿媳妇回来了，一脸惊讶地说道。

“吃饭了没？我给你们煮些面吧。”老伴儿立马嘘寒问暖起来。

当爹娘的一辈子都把儿子当小孩一样照顾着，心疼着。

老宗老两口把儿子儿媳迎进堂屋坐下。

“你们大早上回家，有什么事就直说吧。”

“爹，杨老板跟咱们合作办工厂的事，你怎么没同意啊？”新贵有些可惜地说。

老宗和老伴儿脸上的笑容瞬间像被暴风吹散了似的，他们本以为儿子知道心疼自己了，大早上回家看看，原来不过是为了钱。

“爹岁数大了，操不了心了。”老宗有些失落地说。

“爹，你先把厂子开起来，然后我慢慢跟你学技术，我保证把宗家品牌发扬光大。”新贵信誓旦旦地说。

老宗明白新贵肚子里装了几两香油，他故意说道：“要想学，明天就开始学，学不成，绝不能谈什么开厂赚钱的事

儿。”

此时的杨双燕，气得脚趾头在鞋里拧成了麻花。

而42岁的新贵“哇”的一声哭了！

老两口瞬间僵住了。

杨双燕反应很快，她连忙装出一副心疼丈夫的样子。

夫妻俩一唱一和，戏就开演了。

“爹呀，你不可怜可怜我，你也得可怜可怜你的孙子们呀。我可以一辈子做点小买卖，但不能再让孩子们没出息呀。你守着秘方，留着手艺，儿子不传，孙子不传，你想传给谁呀?”

“爹呀，娘呀，我就是再不好，我也给宗家传宗接代了！你们二老怎么能这么无情！”杨双燕很委屈地说。

这出戏唱得老宗心碎一地！不看僧面看佛面，毕竟还有两个孙子呢，于是老宗便答应了。

人生没有圆满，或多或少的缺失才叫刚刚好！

天地间，多少天经地义在悄悄顺延，哪怕你不由自主，心不甘情不愿，但因为有天经地义在，就不能违背伦理。

这就是人生的无奈。

老宗刚点头，新贵和杨双燕就找借口告辞了。坐进车里的时候，新贵早就把眼泪擦干了，他和杨双燕相视一笑，眼角的皱纹“不谋而合”。

刚出镇子，夫妻俩正巧碰见放完羊拎了壶酒和一袋花生米的岳金山。

岳金山看到是新贵的面包车，就径直迎着车走来。

新贵把车开得很慢，经过岳金山身边时停了下来，他摇下车窗跟岳金山打招呼。

“金山叔，日子过得不错嘛！”

“你小子在城里买了车、买了房，故意在损金山叔是不是?”岳金山笑了笑。

“金山叔，时候不早了，我先回城了。”新贵一脸灿烂的微笑。

“今天啥事这么高兴?”

“要发财了。”新贵咧着嘴笑道。

“发的哪路财？讲给叔听听。”

岳金山看似随口说说，实际上他心里跟宗家的过节儿可大了，这事得从他年轻时候说起。

当年新贵娘冯盼盼本来是要介绍给岳金山的，媒婆都来村里打探情况了，谁知路过宗祖成家门口，主意就变了。宗祖成家重新翻修了三间堂屋和一间西陪房，可岳金山家兄弟好几个，还合住三间房。媒婆想着不如把冯盼盼说给宗祖成，到时候这媒礼也比岳金山家给得多。就这样，媒婆放了岳家鸽子，把冯盼盼说给了宗祖成。

岳金山后来也娶了媳妇，但谁知，婚后一年，他即将临盆的媳妇难产死了，青山没了，哪来柴火烧？岳金山的两个弟弟头婚都还没找到媳妇呢，他就别想再娶了。

自从老婆难产死后，他就一直打光棍，而宗家儿孙满堂，一大家子热热闹闹的，每每看到宗祖成那幸福的一家子，岳金山就心里发恨。

新贵一股脑地说了出来，兴许是被钱冲昏头脑了吧，那些年买个手机都恨不得举在脸上炫耀一下，以他的城府，怎么舍得藏着掖着呢？

“新贵呀，你可是在金山叔眼皮底下长大的，小时候邻村的孩子打你们，金山叔没少替你们出气。这事你可得再好好想想呀，我有个亲戚前几年也开了个工厂，结果赔得血本无归，本来安稳的一家子就这样欠了一屁股债！这工厂可不是那么好开的。你好好考虑考虑！再说了，夫妻俩同心才能赚钱呢，双燕啊，叔的话没错吧。”其实岳金山哪有什么亲戚开工厂，不过是胡诌出来骗他们的。但是他说杨双燕的话，可是有根有据的。

说来也巧，几年前岳金山去义乌市里参加亲戚的婚礼，举办婚礼的酒店紧挨着新贵水站的后门。他记得那是一个下午，他喝了点酒后在太阳下吹风。不料，双燕和一个男人从后门出来，两个人动作暧昧，但是隔着街道，岳金山只看见男人的侧脸，两人在一起腻歪了半天，分别前，男人的大手狠狠捏了一下杨双燕松松垮垮的屁股。这一幕被岳金山尽收眼底，酒意散去，他没有直接回镇上，而是去水站旁边的小酒馆继续喝酒，一个人喝酒索然无味，与老板一起喝酒才是他的本意，男人之间的酒，能消除陌生，不一会儿，老哥俩好得就像多年未见的兄弟。岳金山，人阴暗，但心思通透，几轮酒下来，他就打听明白隔壁水站老板娘的人品了。

原来，杨双燕本性就不安分，新贵早出晚归，人又老实无能，在城市里待久了的杨双燕自然想着“偷吃”，水站分前后门，正好给杨双燕提供了便利条件，天时、地利、人和都齐了，杨双燕成了“偷吃”的惯犯。

“金山叔，我们还有事，先回城里了。”杨双燕赔着笑说道，用一个犀利的眼神看了一下新贵，新贵跟岳金山告别后就开着车走了。

第二天一大早，岳金山跑到老宗家串门，来者是客，老宗请他在院子里喝茶，英子娘借口收拾屋子进了堂屋。其实英子娘是个爱干净的人，屋子一大早就被收拾过了，她只是不想跟岳金山聊天罢了，她每次看到岳金山都庆幸自己当初没有嫁给他这种不实在的人。

“祖成哥，昨天早上碰见你家新贵了，这办工厂的事，你们可别赔了夫人又折兵。那杨文龙是个生意人，虽然新贵也是做生意的，但他顶多算个挣高工资出苦力的，你们可别被杨文龙骗了。”

“老弟，哥以后发财了，请你喝好酒。”老宗笑着说，可岳金山听出了笑里藏的刀。

“祖成哥，到时候你们赔了，可别怪我没提醒。”岳金山说完气呼呼地走了。

7月的田间，玉米还没成熟，但宗家人已经把玉米秆砍了，光秃秃的六亩地十分显眼，一会儿工夫就引来了一群看客。

“祖成叔，好好的玉米秆，你咋砍了啊?”路过的邻居海星非常不解地问。

这时岳金山赶着羊群路过，他听到海星的话停了下来。

“海星，你祖成叔就要发大财了，他家的地准备盖猪场呢。”岳金山带着“祝福”的笑跟海星说，然后就赶着羊群走了。

进入8月，田间陆陆续续有收割机开进来收玉米，整个镇子里庄稼地的玉米都被收走了。玉米秆粉碎了，小麦播种了，但宗家的六亩地依然没什么变化。

眨眼间又一个月过去了，街坊开始议论宗祖成家的那块玉米地，等着看笑话的人更是碰见了老宗就问猪圈进展如何了。巴掌大的镇子上，话传得越来越难听，老宗拿起电话拨打了杨文龙的手机号。

“杨老板，钱准备得怎么样了？你今天推明天，明天推后天，镇上的人都看我笑话呢。我说不干，你跑城里跟我儿子说；我同意了，你又变卦。”老宗把一肚子气撒在电话那端杨文龙的耳朵里。

老宗一阵发泄后，电话那端的杨文龙撕心裂肺地哭出了声。原来杨文龙离开新贵的水站后就径直去了银行办贷款，可银行明文规定的流程太慢，而且手续烦琐。为了省事，他通过朋友找了贷款公司，可谁知这贷款公司前前后后忽悠他交了几十万块钱的保证金，然后就跑路了。

那几十万块钱可是杨文龙大部分的积蓄，钱没了，老婆孩子整天埋怨他。不仅如此，损失的这钱里还有杨双燕的15万元，这些年他和杨双燕私相往来，杨双燕是想抱住大腿，然后彻底离开新贵。没想到，玩鹰的人，竟然被鹰啄了眼，吃了哑巴亏的杨双燕无处哭诉，两个人自然反目。

这15万元，可是杨双燕私下攒下的钱，里边还有新贵的汗水呢。

厂子办不成，恶人终于被恶人惩治了！杨双燕不敢报警，更不敢声张，而杨文龙现在跳义乌江的心都有。办工厂的事黄了，宗家成了镇子上茶余饭后的笑柄。

杨文龙消失了，谁知道他又到哪里圈钱、骗钱去了。老宗家杀猪后联系了新的猪肉贩子，生活还得继续，只是那六亩地种什么都不是时候，只能光秃秃地搁着。

肆

老宗和老伴儿的身子骨不比年轻时强了，但他们认为能自己照顾自己，就绝不给子女添麻烦。

吃过早饭，老宗穿上围裙拿着扫把打扫空空的猪圈，南墙边的架子上晾晒着前冬腌制的火腿。老伴儿在厨房洗碗拾掇。不一会儿，新英喊着爹娘进了院子，她脚还没站稳就在院子里接了一桶水，提到猪圈里清洗猪圈，娘家的活就是她的活，猪圈的角角落落她都冲洗得干干净净，之后又拎着院子里的垃圾走向街道不远处的垃圾站。

“李婶去哪儿啊？”

“去听戏，你又来娘家干活呢。”迎面走来的李婶跟新英打招呼。

新英笑笑。

“听说你家月明得奖了，月明这孩子有出息，真给咱们镇的人长脸。”

“李婶，看你说的，我都不好意思了。”

“我还有事，先走了啊。”李婶哼着婺戏调子走了，留给新英一串银铃般的笑声。

林月明不仅是家乡的名人，还是学校的名人。

虽然出生在一个普通的家庭，但他以全市高考理科状元的成绩考上了全国重点大学——中国人民大学，大一的时候就代表学校参加全国大学生动漫比赛获得一等奖，之后更是囊括了国内大大小小的动漫奖项，拿奖拿到手软，奖学金自然也不用说，肯定有。

林月明小时候经常到外公家玩耍，一点不夸张地说，他是听着猪哼哼、吃着火腿长大的，所以他对乌猪和火腿有着特殊的感情。他想制作一部关于宗泽和火腿的动漫剧，这也是为了迎接一个国际大赛。

为了把乌猪的生活习性掌握得更彻底，林月明经常到学校图书馆看书。

缘分来了，挡也挡不住，董永放牛遇到了七仙女，林月明借书碰到了他的小仙女。

故事是这样的，大四上半学年的某天下午，林月明按图书的类目在书架上找到了《宗泽将军》这本书，在他伸手拿时，另一只手也朝这本书伸了过来。

“你先看吧。”林月明顺着这只手看到一个很文静的女生，她叫潘婷婷，是汉语言专业大三的学生。

“我不着急，你先看吧，林月明。”这个女生说。

林月明对于陌生同学喊他的名字已经习以为常。

“还是你先看吧。”林月明又一次推让。

一个绅士儒雅碰到另一个端庄大方，这就是现实版的王子与公主啊。

“我周末给一个高二的学生补课，他特别喜欢抗金英雄岳飞，我告诉他抗金英雄还有宗泽，便勾起了他的好奇心。”潘婷婷笑着说。

“我外公是宗泽的后人……”还没等林月明说完，潘婷婷就投来了不可思议的目光，就差摸摸林月明的头沾宗泽的光了。

“我们义乌非常有名的火腿就是宗泽将军发明的。”

“这个我知道，宗泽将军打了胜仗，家乡的父老乡亲为了感谢他，在他临走前给他和他的将士们送了很多猪肉，宗将军推托不了乡亲们的热情，可又担心到达开封后猪肉会坏掉，所以每天往猪肉上撒一些盐，没想到到了开封后这些撒了盐的猪肉比鲜猪肉更好吃……”潘婷婷滔滔不绝地说着，话语间展示了她丰富的知识储备和对宗泽的崇拜之情。

林月明和潘婷婷就宗泽这个话题展开了一场学术交流，图书馆瞬间成了他们交流会的会场。这两个人一会儿争执不休，一会儿各抒己见。林月明虽是学校的名人，但很少跟女生单独来往，也没谈过恋爱，这次他和潘婷婷在图书馆聊天的事真成了学校的头条新闻。很快来了一群迷弟迷妹们，潘婷婷见围观的同学越来越多，脸慢慢地红到脖子根。

她把书递到林月明手里，说了句：“你看完再借给我。”说完起身就要走。

林月明拿着书快步走到潘婷婷面前，把书给了她，说：“还是你看吧，万一借不到书，那个学生炒了你鱿鱼怎么办？”林月明笑着说。

林月明对潘婷婷的关心引得一众迷妹们尖叫。

人群中有个耿直迷妹说了句：“人家林月明也是人，好吗？是人都有七情六欲的，好吗？”大家都笑了。

“那好吧，那个学生看完，我立刻放回去。”潘婷婷指着

书架，说完低着头大步走出图书馆。

世界很大还是遇见你。黄昏的篮球场上，林月明跟宿舍几个哥们儿在打篮球，潘婷婷去逸夫楼经过篮球场旁的小道，刚好满头大汗的林月明抱着篮球走过来。两个人看到对方都停住了脚步。

“那本书……”两个人异口同声地说出这三个字，然后傻傻笑着。

“那本书我刚才放回图书馆了。”

“好的，我现在就去借。”林月明说完就朝图书馆走，刚走几步突然转身。

“我外公腌制的火腿很好吃，你要吃的话，我下次回家给你带一些。”

“真的吗？好啊。”潘婷婷仿佛灰姑娘附身，碰到这么好的待遇，她似乎还怀疑了一下。

林月明掏出他新买的诺基亚手机，问：“那我留一下你的手机号和QQ号吧。如果我提前回家，也可以联系你。”

潘婷婷大方地掏出她那半块砖大的二手杂牌手机，念着自己的号码，然后也存下林月明的号码。

林月明转身走了几步，突然，潘婷婷大声喊：“上次忘了讨论一个话题，你知道宗泽在哪里打了胜仗吗？”

这一刻潘婷婷展现的自信绝对离不开她平时对知识的积累。

林月明挠头思考片刻后摇了摇头，望着潘婷婷期待答案。

“他征集士兵后在我的家乡磁州抵抗金兵，当时还在我的老家挖了几条地道用于作战。那条地道就在我家旁边，后来抗日战争时期，那条地道也用来跟日军作战。”潘婷婷带着有些小骄傲的语气说。

“希望有机会你可以当我的导游，带我到那条地道走走。”

“好啊。”

两个人道别后各自忙去。

潘婷婷出生在磁州一个有些偏僻的农村——山底下村。自从走进学校，她的成绩就一直名列前茅。为了生计，在她六岁的时候，父母就到省城石家庄打工，她和小两岁的弟弟是奶奶一手带大的，可以说是典型的留守儿童。

潘婷婷从小就跟着奶奶做家务，上大学后又找了几份家教的工作来补贴生活费。那个半块砖大的二手手机就是她当家教赚钱买的。

初冬周末的一个晚上，潘婷婷照例去了百望山附近的一个初三学生家补课，她在给学生上课时，外面突然飘起了雪花。

“这可怎么办？”潘婷婷望着窗外的雪有点担心，不过她马上调整心态投入到补课当中。一个小时的课讲完后，学生家长让潘婷婷在家留宿，潘婷婷听了学生家长的话心里暖暖的，可若是真住下，会给人家添很多麻烦，她谢过后离开。

刚走出单元楼，她的手机忽然响了，手机屏显示是林月明打来的。

潘婷婷望着这三个字，傻笑了一下后接听电话。

“喂，林月明，有事吗？”

“你给学生补完课了吗？我去接你。”

潘婷婷简直不敢相信自己的耳朵，林月明居然打算在雪天来接她。从学生家走到学校，正常需要半个小时，可在下雪天，半个小时实在是艰难，补一节课才50块钱，如果打车，光是算在路上堵车的时间，50块钱也不够。

女生心里都暗藏着爱情，像昙花等待绽放的一瞬。

女为悦己者容是爱，顾左右而言他也是爱！

此时的潘婷婷，即使嘴上说着再有力的推托言语，也掩饰不了她心中真实的想法，那就是“来接我”。

说来也怪，心口不一的时候，总是抵挡爱情最较劲儿的时候，最后，潘婷婷向这份突如其来的惊喜妥协了！

这段青春恋情没有跑步前进，他们的身上都带着很浓的泥土气息，而正是这种淳朴的泥土气息，让他们彼此间感到亲切。

爱情是人类最好的兴奋剂！

人逢喜事精神爽，林月明全身心地投入到宗泽将军动漫剧的创作当中，潘婷婷在业余时间除了复习功课和当家教外，也会参与到林月明的动漫剧制作中，提供有关宗泽的故事，帮他修改动漫剧本，甚至在生活上当起了他的贤内助，帮他把中午饭送到机房、给他打水等。

机房晚上9点关门，林月明回到宿舍后打开自己的笔记本电脑，继续制作他的动漫剧。宿舍是四人间，里面有单独的卫生间，四个人都睡在上铺，下面是电脑桌。

他们四个人是同班同学。刘健是个心直口快的东北爷们儿，人长得也健壮，他坐在自己的电脑前，跷着二郎腿，喝着热水看女神高圆圆演的电影。高欢是广州人，长得很像演员任泉，家庭条件优越，女朋友像割韭菜一样割了一茬又一茬，这会儿还不知道跟哪一茬在哪儿约会呢。杨天宇是土生土长的北京人，家住首都体育场附近，但他周末不经常回家，大概是嫌家人唠叨吧。这个人很幽默，绝对是一个被动漫耽误的相声演员，他走到哪儿，哪儿的观众就笑成一片。

杨天宇从卫生间出来，看见林月明又埋头苦干，就转回卫生间，五秒钟后，杨天宇在脖子上绕了一圈卫生纸走着模特步出来，说："2005年最新款围脖，10块钱一条，你买不了吃亏，你买不了上当，走过路过千万不要错过。"

杨天宇不时地搔弄头发，逗得刘健差点把嘴里的水喷出来，林月明也被逗得嘎嘎地笑。

"你有女朋友了，怎么也不表示表示，真不够意思。"杨天宇走到林月明身边，使劲地拍了一下他的肩膀。

"忙完这阵子哈。"林月明指着电脑里正在制作的动漫剧。

“嫂子挺贤惠的，看好你们哦。”杨天宇说完用屁股顶了一下林月明的椅子，然后就上床睡觉去了。

“天宇，你今天怎么没跟你女朋友煲电话粥啊？”刘健问。

“粥早糊了，这该死的异地恋。”杨天宇躺下没一会儿就呼噜呼噜地睡着了。

过了一会儿，林月明的手机响起，他看到手机屏显示是宗俊，很无奈地“切”了一声后才接电话。

“喂，表哥，你忙不忙？有时间出来见个面呗。”

“这几天课业紧张，要准备个比赛，没时间！”林月明拧巴着眉头说。

“没事，表哥，既然你顾不上出来，那我就去你们学校找你，肯定不耽误你多少时间，五分钟，五分钟我就走。表哥，你也知道我一个人在北京无依无靠，就指望着你这个亲表哥了，你必须得管我！事情是这样的，前段时间我跟我女朋友吵架了，她看上了诺基亚新出的那款手机，要1000多块钱呢，我一个穷学生，哪有钱，可是不买，她就要跟我分手。”

“宗俊，我也是学生，哪来的钱！”林月明无奈地说。

“表哥，你这就过分了啊，我听奶奶说你参加什么比赛得了8000块钱呢，才借我1000块，你都舍不得，哪有你这么当表哥的，这么自私！我要是跟我女朋友分手了，老宗家就少了个媳妇。你要是不借，我给姑妈打电话先救急一下。”

宗俊这意思明摆着呢，你要是不借，那好说，我大晚上给你妈打电话。

“行，借给你。”林月明的声音拖得很长很长，充满了无奈。

“那明天我就去你们学校找你，你把钱准备好哈！”说罢他便挂了电话。

林月明的外公外婆一大把年纪了，舅舅在义乌定居，一年到头回家的次数屈指可数。外公家大大小小的事都是月明的爸爸妈妈照顾着。这还不算完，现在舅舅的儿子又隔三岔五跟讨债鬼似的缠着自己。

去年8月末，舅舅在外公家把准备去北京读大一的表弟宗俊交给月明。9月1日，月明带着宗俊一起坐火车来到北京，舅舅新贵不地道的程度真让人汗颜，就连宗俊的火车票都是月明买的，这事儿月明还不敢跟自己的爸爸和奶奶说。

林月明像个保姆一样把宗俊送到大学，安顿妥当后才离开，从这一天开始，月明经常被宗俊以各种天马行空的理由索要钱财。

新英的善良完整地遗传给了月明，这在月明小的时候就能看得出来。但与其说是遗传，不如说是一种耳濡目染。

无疑，林月明，将和他的名字一样，让宗氏家族月朗明晰！

而人和人之间心智的差别，看看月明，再看看宗俊就一目了然了。

两个孩子虽为亲戚，基因有很高的相似度，骨血里有着同样的血。但是，家庭的不同，改变了两个孩子的人生轨迹。

林月明用息事宁人的态度纵容着宗俊。因为他知道，如果自己不答应宗俊的各种要求，宗俊一定会把事情添油加醋地跟舅妈杨双燕说，杨双燕又肯定指桑骂槐地跟自己的妈妈过不去，与其让妈妈委屈，倒不如自己受点气，所以他再怎么不情愿也得答应宗俊。

挂了电话，林月明真是气不打一处来！

他把手机丢到床上，又立刻投入到一帧一帧的画面上。

“你那个表弟又找你要钱呢？”刘健替林月明打抱不平。

林月明耸耸肩。

年底，大学生动漫国际比赛即将开始，比赛的冠军可以直接签约鲲鹏国际动漫公司，这个坐落在北京的国际大公司一直是学生们追求的目标，多少学生磨刀擦枪为这次比赛做准备。

转眼到了比赛这一天，付出总有回报，当林月明的作品《宗泽将军》出现在比赛现场的大屏幕上时，唯美的画风、紧凑的剧情，还有他给宗泽将军配的浑厚的声音，立刻征服了全场的评委和观众。

整部剧只有短短的15分钟，却为观众完美呈现了一个刚直豪爽、沉毅知兵的抗金英雄的形象：宗泽到大名府上任不到一个月就把陈年积案全部破解；他到磁州修缮城墙、疏浚隍池、整治器械、招募义勇，与金兵进行顽强抵抗；他还采用涂抹盐巴的方式保存猪肉，并制作出美味的火腿，和将士们同吃同住，不摆架子等。

大赛的主持人惊讶地说：“我想在座的很多观众和我一样，一提到抗金英雄，首先会想到精忠报国的岳飞，想到岳母刺字、秦桧害岳飞的故事，通过参赛者林月明的这部作品，我又知道了另一位抗金英雄——宗泽将军。”

林月明最终以全场最高分拿下了比赛的冠军，当场与主办方鲲鹏国际动漫公司签下合同，公司董事长为了留住人才，更是当场承诺把林月明的户口迁到北京。

“十年寒窗磨一剑，只待今朝问鼎时。”林月明的人生很快就要发光了。他下台后掏出手机给妈妈打电话，与远在千里之外的家人们分享成功的喜悦。

报喜不报忧是在外游子的心，听见电话另一端家人们的笑声，听见奶奶“走风漏气”的夸奖声，月明笑了，而他旁边的潘婷婷像一个忠实的聆听者，无言无语，只是心中暗暗喜悦。

林月明的奶奶挂掉电话后就直奔小卖部买香火、肉之类的供品，她走起路来似乎比平时更有精神了，在街上不管见了谁都要停下来分享一下孙子获得国际大奖并且户口将迁到北京的喜事。

从林家到超市的这条路不足200米，可林婆婆愣是用了三个小时才回到家，一进家门，她就到厅堂的菩萨面前

拜祭。

“感谢菩萨保佑我林家子孙，菩萨大慈大悲，希望月明在北京事事顺利，在北京安家娶老婆生孩子，最好是添个男孩，让林家的香火旺盛。最好多添几个男孩，千万别像我没本事，就生了大江一个。”

冬天的廿三里镇没什么农活，闲下来的老人傍晚喜欢到戏台边唠家常。

林婆婆这天早早地拎着板凳到戏台边，她朝着北街张望，亲家宗家就住在北街。林婆婆时不时地探起身子，过了一会儿，老宗和老伴儿拎着板凳从北街走过来。

林婆婆挥着手朝他们打招呼，老宗两口子也挥着手冲她笑笑。亲家们碰面后跟邻里们围坐在一起唠家常，林婆婆津津有味地说着林月明获奖的事，一口一个我孙子，那表情可神气了。

平日里，林江把老宗两口子当亲爹娘一样照顾着，这让当母亲的十分心疼儿子。林婆婆说完自己孙子获奖的事，又关心地问老宗："你大孙子不也在北京念大学吗？他学习成绩怎么样啊？月明肯定没少帮助他吧？"

怪不得今天林婆婆这么热情，原来是话中有话。

孙子几斤几两，老宗最清楚了，读的是专科院校，分数还压在录取线上，平日里连个电话都不跟他打，有什么好说的。

老宗有些尴尬地跟老伴儿使眼色，准备离开。看热闹不怕事大的岳金山这时正巧拎着板凳过来。

"大家聊什么呢？这么高兴，说来让我也听听。"岳金山把板凳放到老宗旁边坐下。

"我孙子获国际大奖了，户口马上就迁北京了。"林婆婆生怕别人不知道，又说了一遍。

"外孙也是孙，外孙将来有钱了，你也能沾沾光，就不用为了挣钱去办工厂，反而被骗了。"岳金山笑着对老宗说。

“外孙也比没孙子强。”老宗说完起身，拎着凳子跟老伴儿一起回家了。

打光棍的岳金山可就尴尬了，偷鸡不成蚀把米，惹得大伙一阵闷笑。

伍

时间如义乌江水匆匆流逝，很快2006年春节的鞭炮声在大街小巷噼里啪啦响起。

林月明获得国际大奖并留在北京的消息早已在廿三里镇传开，镇上走出才子，也是一件蓬荜增辉的好事。

大年初一，林家人走街串巷拜年，收到了邻里对他们的祝福和羡慕。林家人和邻里打招呼时也比以往神气了很多，好像脑袋上自带光芒。

新英一家给长辈们拜完年就拎着礼品去了娘家。

老宗两口子已经开始忙活新年的第一顿团圆饭，院子西墙边的猪圈早就被打扫得干干净净，空地上布了一层鞭炮的碎屑，小屋里依旧挂着许多风干后的火腿。

堂屋里，长桌上放着宗家祖先宗泽的画像和一鼎香炉。香炉里燃着香，桌前摆着供品。

“娘，你看，这是林江从市里给你和爹买的纯牛奶，以后每天早上你跟爹都喝一杯，补身体。还有这油，纯花生压榨的，用来炒菜很好吃的！”新英走到堂屋，说着便把油和奶放下，林江拎着好酒进来，把酒放到桌子上。

英子娘笑得眼角的皱纹都折在了一起。她的日子过得也算可以，不差这些，但这礼品更像是闺女对他们老两口沉甸甸的关心。

英子娘笑着笑着，忽然陷入了沉思，片刻后脸上的笑容消失了，继而变得伤感起来。

“娘，你看你，大过年的，开开心心多好，新贵肯定在

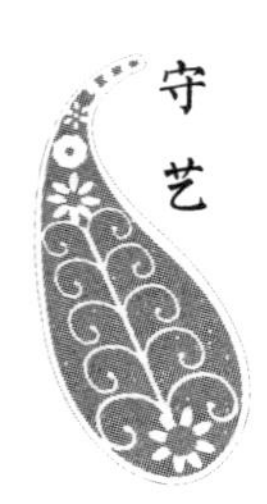

路上了，马上就到了。走，咱去厨房筹备筹备，看中午吃什么。”

闺女是娘的贴心小棉袄，新英的一番话戳到了娘心上，也安慰了娘，她说着拉母亲走进了厨房。

林江与老丈人宗祖成在堂屋坐下唠家常。林月明跟外公外婆拜年后走到小屋里，他盯着挂在架子上的火腿，凝视了许久，然后他又走到院子里，看着干干净净的猪圈，想到之前听妈妈说去年外公杀猪的时候，请了邻里好几个健壮的小伙子来帮忙，可是这些人都不会杀猪，还闹出不少笑话。外公在一阵笑声过后哭了，哭得跟个孩子似的。谁都知道他在难过什么，没有人上前劝慰，就让他痛痛快快地哭一场来祭奠正在流逝的岁月和无人传承的手艺吧！

往年和他一起撸起袖子杀猪的兄弟们走的走，病的病，整个镇子只剩他还在养猪、腌制火腿。

腌制火腿这门手艺凝结着先人们的智慧和勤劳，虽然社会在不断地发展，但祖先留下的东西丢失了也实在可惜。

林月明想着想着，突然鼻尖一酸，眼泪差点掉下来。

临近晌午，舅舅的面包车开进了院子。

林月明上前迎接舅舅一家，毕恭毕敬地给舅舅和舅妈鞠躬拜年问好。

“表哥。”宗俊下车后跟林月明打了声招呼，然后进了堂屋。

新贵停好车，拎了一箱奶下来。杨双燕一副拽拽的样子，仿佛整个老宗家都欠她的，旁若无人一般，一摇一摆地走进堂屋。

厨房里，掌勺的林江临时成了大厨，新英切菜，母亲洗菜，老宗摆盘，一家人累并快乐着。

“大江，我去你家把亲家请过来吃饭。”丈母娘跟林江说完，起身擦擦手就要走。

“我把我娘送到舅舅家了。”

“亲家那么大岁数了，明年就别回娘家过年了。”

“我都劝了好几年了，大年初一闺女回娘家吃团圆饭这

规矩啊，我娘是不会变的。”

“好吧。”听女婿这么说，她又坐下继续在厨房忙活了。

四个人围着厨房转，不一会儿工夫，中午的大餐就做好了。

一家人好久不见，聊得热火朝天。

“表哥，上回我去你们学校找你，你身边那女孩是不是你女朋友？”宗俊坏笑着问林月明。

林月明紧张地跟宗俊挤眼睛、使眼色，可宗俊装傻充愣地耸耸肩。果然，邻桌的大人们都齐刷刷地看向林月明，宗鹏表弟也关心地问着。

老宗和老伴儿一听外孙有女朋友了，笑得合不拢嘴。镇子上不比城里，和林月明年纪相仿的人如果不念高中、大学，现在孩子都会满地跑了。

林月明有女朋友倒不是什么见不得光的事，只是大家没见过他女朋友，所以很好奇。

林月明交女朋友这事，“月儿弯弯照九州，几家欢乐几家愁”。新贵两口子生怕林月明的女朋友光芒太闪，将来压住自己的儿媳妇。

“俊，那女孩长得怎么样啊？”杨双燕问道。

“俊，快说说什么情况？”新贵也迫不及待地问。

一时间宗俊成了八卦记者，全家人都聚过来期待下文。

“姐，姐夫，听说月明被北京的大公司签了，到时候他得在北京安家落户。你们打明儿起可要多挣钱了，在北京买房子可不比咱们小地方，我两个儿子在家娶媳妇也没你一个花钱多呢。”杨双燕表面上热情地提醒着，可这话却和新年的气氛格格不入。

儿子大了终要成家的，新英既兴奋又担心，怕娶个太漂亮的，中看不中用，到时候重担都落在儿子身上，但又怕娶个丑的，邻里们笑话。

“月明，那女孩子是哪里的？多大了？你们怎么认识的？是不是网恋啊？”新英不喘一口气地问着，一副打破砂锅问到底的架势。

面对妈妈查户口式的提问，林月明一个头两个大，当着这么多人特别不好意思，可妈妈问话又不能不说，他如实回答。

“妈，我都成年人了，谈个女朋友也没什么大不了的吧，看你紧张的。”林月明把潘婷婷的大概情况跟大家说了一遍。

“啥？北方农村的，家里条件还不好，娶个北京姑娘多好，她嫁了高才生，你也省了房子。”杨双燕拧巴着眉头，比自己找儿媳还上心呢。

“咱月明不也是在农村长大的，这个倒无所谓，反正娶了哪家的姑娘也留不在自己身边。不过她毕业是留在北京还是回老家啊？”父母可谓是为孩子操碎了心，新英带着几分祝福也带着几分忧虑。

“她成绩好，周末、假期做家教，文笔很好，还经常在

《读者》《青年文摘》上发表文章呢。”

“月明啊，妈是担心她毕业后不留北京，妈不是怀疑你的眼光。”

“在北京好发展，应该会留下的。”

“可在北京压力那么大，人家回老家肯定能找个好工作，干吗在北京挤呢？”

“妈，吃饭，吃饭。”林月明赔着笑，绕开话题。

“姐，你就别操这么多心了，现在都什么年代了，都是自由恋爱，难不成你还托媒婆给他相亲不成？”杨双燕站在林月明的立场劝着大姑子新英。

家族的关系，不比社会关系简单。人最自私的时候，莫过于牵扯到自己利益的时候。孩子，是家族的延续，承载了太多情感，也牵扯了太多利益。有人说，活得久了，自然看得开，其实不然，活得久了，压力和责任就转嫁给他人喽！

林月明从小就是家里的骄傲，更是廿三里镇的骄傲。他是廿三里镇第一个考上名牌大学的学生，还以全市理科状元的成绩考到北京，不单镇里沸腾了，连省里都派记者下来采访过，林家和宗家人这辈子第一次上电视就是沾了林月明的光。

宗家的两个孩子都被林月明的光芒盖住了，新贵两口子打心眼里嫉妒林月明。

心直口快的林江听了杨双燕的话不高兴了。

“如果你儿子留在北京有正式工作，娶个工作没着落的，估计你就不这么说了。”林江回了杨双燕一句。

杨双燕本来就嫉妒林月明，林江的一句话点燃了导火索。

“狗咬吕洞宾，不识好人心。”杨双燕猛地一拍桌子站起来。

老宗和老伴儿赶忙劝着。

“弟妹，别生气，你姐夫就是这嘴快。”

新英怕父母难过，一边跟弟妹说好话，一边劝着丈夫。林江在老丈人家出力不讨好，生气走了，新英跟父母说了几句后追着林江出去了，林月明跟外公外婆赔着笑，然后也跟着爸妈回家了。

一家子人，少不了磕磕碰碰，每次发生矛盾都是新英忍了。林江前脚进了家，老婆和儿子后脚就跟着进来了。

“我林家的媳妇回了娘家就成了受气包，你受气，我也跟着受气。我虽然不是什么暴发户，可我一年挣的也不比你那弟弟少，你就不能挺直了腰板回娘家吗？”林江憋着一肚子火。

“我男人有本事，让我日子过得不愁吃穿，我比别人过得好，可是我还有爹娘，要不是为了爹娘，我才不怕他们呢。”新英的语气里带着无奈。

“爸，你就别跟他们计较了，就当为妈受点气。你不在家，妈打扫屋子、院子，给奶奶洗衣做饭，妈去外公家哪次不是先把奶奶伺候好了才去的。”林月明劝着。

林江就是气不过发发牢骚，他也知道老婆把老娘伺候得妥妥的，五年前老爹犯哮喘病躺在床上，老婆围在身边伺候了半年多，直到老爹生命最后一刻。

林月明下厨做饭，一家人在自己家吃了中午饭，然后赶紧把厨房收拾得跟没用过似的。

天气变暖了，鸡鸣山上不再是荒凉的黄色，开始慢慢吐绿。林月明计划正月十六回北京，大四的下半学期，学校基本没什么课，鲲鹏国际动漫公司制作部经理年前就向林月明发出实习通知。

义乌到北京的火车要行驶一天一夜才到，正月十五晚上，新英给林月明准备了一路上要吃的喝的东西，宗祖成老两口也提着两盒火腿心肉到林家给外孙饯行。

临走当天，奶奶起了个大早送林月明。林江开着面包车载着一家人前往义乌火车站。

“海阔凭鱼跃，天高任鸟飞”，林月明现在已经羽翼丰满，是到翱翔的时候了。

火车站，冰火两重天！久别重逢的人，喜笑颜开；挥手告别的人，泪眼相送。第一个掉泪的就是奶奶，都说隔辈亲，奶奶对孙子的爱无边无际！

一家人把林月明送到候车室。

这种场景像极了朱自清的《背影》，奶奶望着孙子，就差到站台买几个橘子去了。

呜——火车一阵鸣笛后，车站开始广播。

“由金华开往北京的K233次列车已进站，有去往杭州、南京、郑州、北京的旅客请到第二检票口检票上车，请确定您所乘坐的是K233次列车。”

林月明在全家人的不舍中上了火车，火车上摩肩接踵，刚上车，林月明的身体就被挤成了斜线，本想挪到车窗边跟家人挥手告别，可车子开出义乌市时，林月明还纹丝不动地保持着斜线的姿势。

在月明的背包里，除了吃的喝的，还有一张纸。

这是母亲在临行前一晚，悄悄放在他床头的，母亲不善言辞，不知道怎么和他说。

这张纸条，是外公家的祖传秘方。月明情商极高，他懂得妈妈的心意，他知道，妈妈尊重他，让他自己拿主意。

温度随着火车的北行而慢慢降低，在进入河北界时，林月明从包里掏出了羽绒服穿在身上。经过漫长的一天一夜，火车终于到了终点——北京。林月明出了北京站就告诉婷婷自己在出站口等她。

尽管高峰期的火车站人山人海，但林月明还是一眼就看到了人群里的婷婷。

潘婷婷一走出出站口，林月明就上前接过了她手里的行李箱。

“坐了一天的火车，累坏了吧?”林月明关心地问。

“你不也是坐了一天一夜的火车吗?”

两个人说完傻呵呵地乐着。

林月明的心真的很细，他一眼就看到了潘婷婷冻裂的手，用心疼的眼神凝视着婷婷手上的伤。

“走了，回学校。”潘婷婷笑着拉林月明走向公交车站。

潘婷婷的老家没有暖气，北方的冬天又异常的冷，她回到家就承包了家里所有的家务，所以手冻得青一块紫一块。

面对林月明，潘婷婷从来不遮藏自己的家庭，不攀比，不迎合，不消极。她的乐观和真实大概就是林月明喜欢

的吧。

林月明去了鲲鹏公司实习，潘婷婷到一所私立中学教语文。晚上只要有时间，两个人就到图书馆里看书聊天，或者周末到百望山爬山。百望山不高，相对来说不是很累，从他们学校走过去就半个小时，而且这个景点对大学生是免费的。

操场的知了不停地叫着，提醒着夏天的到来。大学生活很快到了尾声。

大四的男生们自发地组织了一场篮球赛，算是为自己的校园生活饯行，为自己的青春饯行。

所有的参赛选手都铆足了劲穿梭在篮球场上，林月明一上场，他的目光就一直游离在篮球场和场外的潘婷婷身上。

这场比赛的输赢已经不那么重要了，重要的是走出校园后，他们都要无奈地跟青春说再见了。

潘婷婷在私立学校三个月的实习期满，由于她的教学创新以及与学生们的互动提高了学生对学习的积极性，她所带的班级的期末考试成绩一跃成为年级第一名，校方高薪聘请她留下来，可潘婷婷的家人希望她回磁州教书。

林月明在鲲鹏公司成为骨干动漫设计师，薪水涨到了6000块钱，当时大学教授一个月的工资才5000块，林月明以这样的待遇留在北京，日子过得还算舒服。

6月的北京十分炎热，晚上，林月明和潘婷婷在操场散

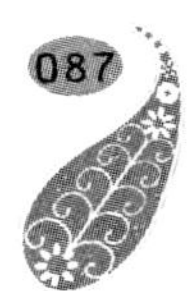

步，晚风吹在身上很舒服。潘婷婷挽着林月明的胳膊慢慢地走着，他们好想时间也慢下来。

潘婷婷把家人的想法告诉了林月明，为了说服潘婷婷的家人，林月明周末买了很多礼物，和潘婷婷坐了四个小时的火车来到石家庄，然后打车来到潘爸潘妈租住的城中村房子。

潘爸潘妈听女儿潘婷婷说过林月明，情人眼里出西施，虽然女儿把林月明夸上了天，可父母还是谨慎得很。

晚上8点，在家具城当搬运工的潘爸和在快餐厅当保洁员的潘妈一起回到出租屋，潘婷婷和林月明已经在门口站了近一个小时。

"妈，爸。"潘婷婷大老远喊着，潘爸潘妈大声地"嗯"了一声走过来。

"叔叔阿姨好!"林月明礼貌地跟潘爸潘妈打招呼。

"你就是林月明吧。"潘爸和潘妈异口同声地说。

"是的，初次见面不知道叔叔阿姨喜欢吃什么，我去超市买了些礼物。"林月明提了提手上的几个高档礼盒。

"来就来了，不用那么客气。"潘妈说完打开出租屋的门，请林月明进去。

院子里盖了两层小楼，房东一间一间地隔开出租，潘爸潘妈住在一楼不足10平方米的小屋，屋里放着一张双人床、一个简易柜和一张泛黄的沙发。

"妈，爸，我上次跟你们说的那个学校的工作，校长又给我打电话让我考虑考虑。”

“婷婷，老家那边的学校招本科毕业生，师范类，你符合条件，那可是铁饭碗。那个学校万一倒闭了，你在北京漂，不容易啊。还是回家踏踏实实过日子吧，你当老师有什么不好，不比我跟你爸强？”潘妈苦口婆心地劝道。

“我只有你跟超子两个孩子，你回来了，最起码两个人都有依靠。”潘爸的这句话总算说到了点上，他是担心儿子将来一个人没帮手。

“叔叔，等潘超大学毕业来北京工作，我和婷婷都在北京的话，也可以相互照应啊。”林月明话还没说完，潘爸就生气地指着林月明吼道：“养儿可是为了防老，你忽悠我闺女留在北京，现在又想忽悠我儿子啊，你赶紧走。我要给婷婷找一个老家的男孩结婚。”潘爸说着就往外推林月明。

林月明连解释的机会都没有，门“啪”的一声被关上了。

不一会儿，潘婷婷也从出租屋走出来。

虽然吃了闭门羹，但他和潘婷婷并没有放弃。他们打车去了火车站，到火车站后，林月明买了从石家庄开往邯郸的火车票。

“你该不会要去我老家找我奶奶吧？我奶奶做不了主的。”潘婷婷有些疑惑。

“叔叔是担心潘超将来没人照应，如果咱们说服潘超，嘿嘿……”林月明很有把握地笑着，拉潘婷婷上了开往邯郸

的火车。

夜晚，林月明一个人想了很多。

从小到大，他没有如此纠结过。他也没有谈过恋爱，这突如其来的内心澎湃，让他乱了方寸，不知所措。

23岁，多么美好的年纪，他一路披荆斩棘地前行，在光环下，他赢了很多人。

此时，他已经成为无数大学毕业生羡慕的对象，拥有稳定的工作、不菲的收入、不可限量的前程。

但是为什么他心中总有隐隐的不快？

安静的时候，他扪心自问，是外公！

是从小耳濡目染的宗泽将军的故事，是祠堂里高悬的宗泽将军的画像，是牌位上赫然写着的"宗泽"的名字。

外公偏爱孙子，他从来不记恨，也不嫉妒。

也许是因为妈妈，他从小就有容人之心。如果不是妈妈将家族的秘方悄悄放在他的枕边，如果不是妈妈饱含深意的目光，他不会如此痛苦。

潘婷婷，是他遇见的第一个喜欢的人；秘方，是他想保护也想传承的家族责任。

月明久久无法释怀心中的纠结。

早上6点，林月明和潘婷婷站在邯郸大学门口，不一会儿，潘超迷糊着眼睛从学校走出来。

"姐，这么早找我什么事啊？"潘超打着哈欠说。

"你是不是昨晚又去网吧玩通宵了？"潘婷婷说着把鼻子

凑到潘超身上闻了闻，满衣服的烟味儿，潘超心虚地躲着。

“你就是传说中的林月明吧。”潘超打量着林月明，像在欣赏一件艺术品，露出满意的表情。

林月明智商高，情商更高，他跟潘超聊天不过五分钟，潘超就给潘爸打了一通电话，表示大学毕业后想到北京闯闯，一下子把潘婷婷和林月明的事搞定了。

林月明掏出500元塞到潘超手里，寒暄了几句后就和潘婷婷去火车站回了北京。

事在人为，这话一点也不假。潘爸的软肋被林月明觉察到，林月明找到潘超像是点了潘爸的穴道一样控制了他。

潘婷婷可以留在北京，言外之意就是潘爸不反对她和林月明在一起。毕竟林月明长得不错，气质儒雅，有才华，收入高。

火车上，潘婷婷靠在林月明的肩膀上十分困倦。

“上次给你的火腿肉，你不是说好吃吗？等忙完这段，我回趟家再给你带点，那可是我们义乌特产，是我外公祖上留传下来的手艺，在其他地方可是吃不到的。”

林月明聊到金华火腿，立刻勾起了潘婷婷的好奇心，虽然潘婷婷不是个吃货，但那瘦肉香咸带甜，肥肉香而不腻、美味可口，让人吃了一次就忘不了。她特别希望能到林月明的家乡亲眼看看火腿是如何腌制的。

“过几天拿到毕业证书，我想带你到我家做客。”

林月明很真诚地看着潘婷婷。都说丑女怕见公婆，可长

相文静的潘婷婷听到林月明要带她见家长，竟然紧张起来，不可否认她是开心的，这说明林月明对她是认真的，可毕竟是去见家长，万一哪里做得不好怎么办？她的脸上浮现出一丝担心。

“放心吧，我家人都很热情的。”林月明说着调皮地用手指勾了勾她的鼻尖。

火车到了北京站，他们下车后再乘公交车回了学校。

时间过得真快，转眼6月29日了，离正式毕业还有一天。这天晚上，林月明宿舍四个人到学校附近的餐馆吃散伙饭，本来说好有女朋友的带女朋友，可刘健和杨天宇单身，高欢刚换的新女朋友晚上有事来不了，潘婷婷一听只有自己一个女生也推辞了。

林月明、刘健、高欢和杨天宇住在一起四年，这么长时间里不知一起吃了多少顿饭，但这顿饭吃得别有一番滋味。天下没有不散的宴席，同吃同喝的兄弟明天就要各奔东西了，吃了这顿散伙饭后，下次再聚就不知是何年何月何日了。

“兄弟们，啥也不说了，感情都在酒里面。干杯！”刘健说着端起一杯啤酒，咕咚咕咚一口气喝完了。

其他三个人连忙端起酒杯，学着刘健的模样也咕咚咕咚一口气喝完了。

“刘健，你回家后干什么？”高欢问。

“先去广告公司上班，有了经验、攒了钱，我也开个广告公司。”

“不想当将军的兵不是好兵，你是好兵。”杨天宇竖着大拇指给刘健点赞。

“你干脆去天津找个茶馆说相声去，明天哥送你一个快板。”刘健打趣道。

“去你的。”杨天宇推了刘健一下。

“那你干什么？”其他人问杨天宇。

“我爷爷托关系让我到银行上班。”

“等哥开广告公司需要钱了，找你走后门。”

“没问题的啦。”杨天宇故意把很“娘炮”的声音拖得很长。

“我……”

高欢正要说，其他三个人不约而同地做停的动作。

“你回广州打理你的家族企业。”林月明替高欢说。

“你留北京鲲鹏动漫公司，就你一个跟专业对口的。”高欢替林月明说。

“不管怎么说，哥儿几个毕业没有失业。干杯！”

一打啤酒几分钟就被他们喝光了。

“服务员，再来一打啤酒。”刘健朝门口喊着，不一会儿，服务员拎着一打啤酒过来，放到餐桌上。

他们喝着笑着说着，唱着罗大佑的《光阴的故事》，四个大男孩唱着唱着哭了，青春散场了。

陆

7月的第一天，清晨的阳光穿过玻璃照进宿舍，让人感觉不再那么刺眼、那么火辣。这一天，所有的毕业生都要搬出宿舍。

时钟嘀嗒嘀嗒地走着，一上午的时间，毕业生已经走了一大半，此时的楼道更像火车站，大家背着行囊离开。

“林月明！”

潘婷婷走进林月明宿舍，最后一天了，宿管员网开一面同意男女生相互帮忙收拾东西。

“嫂子好！”高欢眯着眼睛跟潘婷婷打招呼。

“昨天我们都喝高了，还没起呢，别介意啊。”刘健赔着笑跟潘婷婷打招呼。

杨天宇猪一样打着呼噜还没醒。

“走，咱们去收拾东西，今天任务很多，还得布置一下我们的新家。”林月明说完跟舍友们打了声招呼，然后跟潘婷婷走出宿舍。

所谓的新家就是林月明通过中介在北五环租的70平方米、两居室的单元房，虽然不在繁华地段，但出门走一站地就是天通苑北地铁站，相对安静，适合休息。

林月明拿着钥匙打开防盗门。里面装修简单，家具齐全，不过上一个租客留下了很多垃圾，潘婷婷进门后就开始擦桌子、扫地，一点不矫情。林月明看着汗珠从潘婷婷洁白的额头往下滴，她擦了擦汗珠、撸撸袖子继续干活。婷婷的这种朴实不做作牢牢吸引着月明。

两人去超市买了家居用品，又在地铁口淘了两块布，手巧的婷婷拿其中一块缝成了窗帘，用来遮挡中午刺眼的阳光，把另一块做成了桌布，铺在简易餐桌上，又在餐桌上摆了个玻璃瓶，插上一束花，小小的两居室顿时焕然一新，充满了生机。

把屋子收拾干净后，他们回学校将行李搬过来，一人住一个卧室，白天一起出家门，晚上一起到附近菜市场买菜。日子有条不紊地过着，两人都对未来充满期待。

远在千里之外的老家，知了在树上吱吱叫着，老宗和老伴儿拎着小板凳往戏台子走，婺剧团最近下乡演出，今天来到廿三里镇。

“他爹，这是谁家捐的戏啊？”老伴儿问道。

“不是谁家捐的戏，是政府掏钱给咱们老百姓看的。”老宗露出门牙笑着。

“瓜子，花生，饮料。”孙大娘推着小车叫卖着。

孙大娘和英子娘都是丹溪村的闺女，两个人见了面很热情，英子娘走到孙大娘的推车前跟她闲聊。

突然“啪”一声响，英子娘扭头一看，老宗直挺挺地倒在了地上。

“他爹！”英子娘大叫一声，慌忙迈着步子过去掐老宗的人中穴，可掐了半天，老宗还是没反应，英子娘吓得六神无主了。幸好看戏的邻里围过来提醒着叫大夫，几个身强力壮的赶紧背上老宗往镇医院奔去。

此时的新英正在家和婆婆一起压咸菜，“咚咚咚”一阵急促的敲门声响起。

新英放下手里的盆去开门，看见是孙大娘，还没来得及开口，孙大娘就急切地喊：“新英，你爹在戏台子底下晕倒了，你娘吓得够呛。这会儿你爹被咱们镇的几个小伙子送到镇医院去了，你赶紧去看看。”

“啥？我爹晕倒了？”她转身对婆婆说了句，“娘，我出去一下。”便穿着拖鞋准备走。

孙大娘拦住她，说：“新英，你先别急，拿上手机，带上钱，通知你弟弟，去了医院少不了花钱。”

作为婆婆，林婆婆算合格的，儿媳妇孝顺，对娘家好，她无可非议。儿子挨累，但儿子心甘情愿，她也挑不出什么。况且，新英给他们林家生了养了一个这么优秀的孙子，在林婆婆心里，新英早就是自家人了。

但老宗家又不是没有儿子，新贵在啊，凭什么凡事都要指望嫁出去的女儿？

想到这里，林婆婆有点生气，随口喊了一声：“把新贵也叫上！”

新英到了医院，老远看见母亲在走廊上哭。医生在诊疗室里给老宗做检查，热心的邻里也在旁边等着，看能不能帮上啥忙。

“娘，你别哭，凡事还有我们呢，我爹一定会没事的。”

诊疗室的灯灭了，医生有些疲惫地走出来问：“谁是家

属？”

“我，我是他女儿。”

“好，你跟我来一下。”

新英扶着母亲来到医生办公室，医生说：“一会儿病人应该就能苏醒，看病情有可能是癌，癌细胞扩散后压迫神经导致患者晕厥。不过这也只是我的推测，我们这里医疗条件有限，你们还是把他送到市里的大医院进行诊疗吧。”

“医生，要真是癌症怎么办？”新英的心提到了嗓子眼。

“要真是癌，建议你们动手术治疗，当然这只是我目前的猜测，具体你们还是先去大医院仔细检查一下再说。”医生说罢便去接诊别的患者。

新英扶着母亲走出医生办公室，正好碰见穿着一身装修服赶来的林江，他手上还抹着白漆。

新英出了家门先给丈夫林江打了电话，然后再给弟弟新贵打。林江挂了电话放下工具，就开着面包车往镇医院赶，他怕老婆一个人在医院忙太累。

“怎么样？醒了没？医生怎么说？”林江问妻子。

“还没醒，医生说可能是癌，这里医疗条件有限，建议咱们去大医院查。正好你开车来了，要不咱们现在就去吧。”

大家一起把老宗抬上了林江的面包车。

新英与林江谢过前来帮忙的邻里，然后林江开着面包车载着晕厥的老丈人和担心的丈母娘、老婆前往义乌市人民医院。

一路上，老宗迷糊地躺着，新英与母亲一左一右看护着，母亲这次是真的没了主心骨，不停地掉眼泪，新英不仅要时刻关注着父亲的变化，还要安慰着母亲的情绪。

“英子，你给新贵打电话了没?”开着车的林江提醒道。

“打了，给你打完电话就给他打了。”新英说。

听了这话，林江阴沉着脸不再说话，眼睛直视前方。经过半个小时，车行驶到了义乌市人民医院。

昏迷的老宗被送进急诊室，新贵和杨双燕赶来了，他们在急诊室门口的楼道候着。

楼道里充斥着消毒水的味道，墙上挂着四个大字：禁止喧哗!

新贵来了后竟然没先问病情，而是发了顿牢骚。责怪父母看戏中暑啦！责怪老人家没事瞎操心啦！杨双燕则在一旁打着边鼓，一副看热闹不嫌事大的样子。

新英忍不住了，开口道：“新贵，带钱了吗？爹在手术室里，你要是没事，把住院费交了去。”

新贵谈钱色变，瞬间安静了，就连昔日里嚣张跋扈的杨双燕也不说话了。交钱？想也别想。他们退到旁边，靠在医院长廊的椅子上。

母亲见状，泪如雨下。

“娘，别担心，爹一定会平安无事的。”新英搂住了母亲的肩膀，用力将她抱进怀里。

手术室的灯，熄灭了。一家人的心悬了上来。

手术主刀医生安医生和几个助手对老宗进行了检查和抢救，别看安医生才40多岁，他有很丰富的临床经验。一个小时后，老宗终于脱离了生命危险。检测器显示他的脉搏、血压等一切正常。

安医生走出手术室摘下口罩，说："病人暂时脱离了生命危险，我先跟你们一起把病人安排到病房住院。"

新贵到急诊室里把躺在推车上、打着吊瓶还没醒来的父亲推出来，新英搀扶着母亲，他们跟着安医生到了九楼内科病房。老宗被安排在3号病房9号床。3号病房共有两张病床——9号床和10号床，另外还有个独立卫生间。10号病床空着，只要没有安排新的病人，老宗的家属就可以在床上休息。

在老宗住院的第一晚，英子娘躺在10号床上陪护，新英租了一张折叠床，临时摆在病房里将就。

7月4日，住院的第二天下午，给老宗拍的CT片出来了。新英拿着CT片到医生办公室。老宗的责任医生是李医生，40岁出头，戴着眼镜，很儒雅，技术也是医院里数一数二的。

李医生拿着片子，对着医用灯仔细地看了好几遍，脸色难看。

"李医生，我爹得了什么病?"新英的大脑已经麻木了，她的声音颤抖着，而心比声音还颤抖得厉害。

"你要做好心理准备，经过诊断，确定病人宗祖成的胃里有肿瘤，俗称胃癌，肿瘤有小孩拳头那么大，需要尽早动手术。如果瘤是良性的，病人兴许还有几年的寿命，如果是恶性的，再拖延手术时间，恐怕癌细胞在体内扩散，到时候就没有回天之术了。”

“李医生，动手术得花多少钱？”

“手术费加上后期化疗费大概6万元，之后看病人的恢复情况。”

新英压制着内心的悲伤谢过李医生，然后走出医生办公室。她快步走到病房门口，使劲做了个深呼吸，让自己的情绪自然些再自然些，这样父母就会认为病没那么严重。

新英悄悄把新贵叫出来，把爹的病情告诉了他。

病房里，老宗慢慢苏醒过来，他脸色苍白，嘴唇干裂，守在床边的老伴儿赶紧问：“他爹，你可算醒了，你要出了事，我可怎么办啊？”

“我这是怎么了？”老宗问道。

“你在戏台子底下晕倒了，现在咱们在义乌市人民医院呢。”老伴儿话音微颤，有些后怕。

“我没事，回家吧！再不回家，猪圈的那些猪都要饿死了。”老宗说着便要起来，刚起来上半身，他就觉得头晕目眩，赶紧又躺回床上。

病房门口，新贵听到爹说话，便道：“姐，爹醒了，我问问爹喝水不、饿不。”

新贵说完转身进了病房。

这明显是听姐姐新英说需要6万元后在回避医药费，新英也加快脚步进了病房。

“爹，你别折腾了，医生说你需要好好休息，在医院输几天液，别老乱动。大江给你喂着猪呢。”新英劝着。

“回家吧，在医院花钱跟流水一样。”老宗担心猪又心疼钱，硬要出院。

人生的终点在哪里？对于此时的宗祖成来说，他仿佛看见了。就在从鬼门关擦身而过的那一瞬，他仿佛听见了先祖在质问他：“秘方、秘方！”

所以，他不能死，他还有责任，还有技术，还有着祖祖辈辈传下来的……

“行了，别劝我了，刚才你们在门口说6万块钱，我听到了。”

“爹，既然你听到了，我就说几句。”新贵跟爹说着，转而看向新英又继续说，“姐，你也知道现在开水站的越来越多，人多羹少，这几年生意没法干，挣不到什么钱。何况我又养了两个儿子读书，你跟姐夫好啊，月明年年挣奖学金，不用你们花钱。我两个儿子都不如你儿子，他们毕业后，我还得给他们娶媳妇，我哪有钱啊？我们两口子一天到晚省吃俭用，这样都还顾不住家，钱在哪？”新贵哭完穷，杨双燕上场，夫唱妇随。

“是啊，姐，你看我穿的还是前年在地摊上买的裙子。”杨双燕说完长长叹了一口气。

夫妻俩的表演还没结束，新贵的手机响了起来。接电话的一瞬，新贵的语气还很嚣张，随后他的脸色一点点变得苍白。新贵一直在电话一端发出质疑的声音：“啊？啊？啊！”挂断电话，他一下子瘫软在地，杨双燕慌忙问：“新贵，你这是怎么回事儿？”

新贵缓缓地从地上起身，拍了拍屁股上的尘土，一脸着急地跟媳妇喊道：“水站被工商局查封啦！”

“还不赶紧回去看看。”杨双燕说着拉新贵走出了病房。

老宗刚醒便看到儿子和儿媳妇在病房演了这么一出戏，他无心分辨真假了，他惦记的是先祖的重托。

新英想起李医生刚才交代，爹醒后要通知护士给他打吊瓶，于是她走到护士站说了情况。不一会儿，一个护士进病房给老宗扎了针，交代了些事情。现在老宗躺在病床上打着吊瓶。

“爹，娘，我回家一趟，拿些换洗的衣服就回来。爹，有我呢，你安心养病就行。”新英说完又跟母亲说了几句话，然后和林江出了病房。

老宗躺在床上，时不时地发出几声叹息：“人老了，不中用了。”他叹息着人情冷暖。与此同时，他回忆着从小到大学做火腿的各个细节。这手上的功夫，一分一厘都不能有差错，传错了，祖宗的技术就走样了。

守在一旁的老伴儿不停地劝着。

两个小时后，新英乘坐公交车回到医院，一分钟没多耽

误，她带着炖好的火腿冬瓜汤走进病房。“爹，趁热喝。”新英打开饭盒跟父亲说。

金华火腿的营养价值很高，时间倒退几百年，这可是皇帝吃的东西啊。它有四绝美名，即色、香、味、形，清代的时候还被内阁学士谢墉引入北京，一度被列为皇家贡品。火腿制作工艺是传世之宝，只能用乌猪的后腿腌制，肥大、肉嫩的猪后腿要经过上盐、整形、翻腿、洗晒、风干等程序，要十个多月才能完成。

“新英啊，我不能把手艺带走呀，廿三里镇腌制火腿的技术必须传下去啊！”老宗看到新英端的火腿汤，顿时又伤感起来。

“爹，不怕，医生说了做完手术就好了，你不要心思太重，放宽心，听医生的话，很快就好了。”

病房里，女儿和老伴儿安慰着老宗，他好歹把火腿冬瓜汤喝了。

病房的窗外传来一阵阵汽车鸣笛声，随着改革开放这几年的发展，义乌市越来越繁荣，尤其是义乌小商品城发展的规模逐渐壮大，为中国地图上拇指大的义乌市打响了一张国际名片，这儿吸引了越来越多的投资者，成了风水宝地。

夜幕降临，义乌市华灯初上，街道上熙熙攘攘。

晚上11点多，老宗早在打完最后一瓶吊瓶后就睡下，老伴儿一脸疲惫地坐在10号床上揉腿。

“娘，怎么了？腿又疼了吗？我看看。”从卫生间出来的新英看到母亲揉腿，说着就去掀母亲的裤腿。

“没事儿，就是今天站得久了，累着了，歇歇就好。”母亲怕女儿担心，接着说道，“你也累了一天了，快去歇着吧，明天你爹醒了还得指望咱娘俩呢！”

论亲还数闺女亲，这母女相互关心着，心疼着。

“娘，洗脸盆里我打好热水了，温度正好，我给你泡泡脚解解乏。”新英说着到卫生间端了盛着温水的洗脸盆出来，走到10号病床前。

母亲缓缓地把腿从床上放下，伸到洗脸盆里。

水站被彻底查封了，新贵也被派出所关了两天，滋味不好受。其实这一劫难，新贵自己早就预料到了。开水站不到三年，他们夫妻俩就开始琢磨邪门歪道，不管桶装水合格不合格，哪个水厂卖得便宜，他们就进哪个厂的。谁知，人的欲望贪婪无限，越赚越多的他们，舍不得停下来。

这回好了，水站被查封，全部非法所得被没收，他们还被罚了款。

两口子哭穷的那套，终于成真了！

老天有眼！

新贵从派出所出来后，心里就揣着气，他看不得别人比自己好。他早就把病榻上的老爹给忘了，可忽然他想到了林月明。

“月明啊，外公晕倒住院了……”新贵打电话给林月

明，把老爹的病情告诉了他。

7月5日，北京正值炎热的夏天，车水马龙的喧嚣让这座城更加令人烦躁。聚集在高楼大厦里的精英、白领坐在温度适宜的空调房内，与窗外的燥热形成了鲜明的对比。英雄不问出处，林月明通过自己的努力成了空调房里的一员。

上午9点，林月明坐在位子上，打开电脑进行动漫设计创作，可是他的眼神却游离在电脑之外，他的脑袋里想的全是外公疼痛地躺在病床上的画面。

他想起小时候外公拉着他到鸡鸣山上割猪草、抓蚂蚱，外公坐在院子里腌制火腿……

林月明腾地一下站起来，径直走向经理办公室，五分钟后，他从经理办公室走出来，匆匆走回自己的格子间把电脑关上，整理了一下桌面后起身走出公司。

下午4点，林月明回到住处简单收拾了一下行李，然后出门奔向北京西站。

“婷婷，我在火车上，明天下午就到老家了，你下班注意安全，按时吃饭，如果晚上害怕就开着房间的台灯，睡觉前检查一下门锁好了没。”

林月明站在火车车厢的连接处，背着双肩包给潘婷婷打电话，像叮嘱自己的女儿一样。挂了电话后，他的眼睛隔着车窗看向外面被火车甩过去的高楼大厦，他急切地希望火车开得再快一点，能快得让人还未看清车窗外是什么，物体就被甩得老远老远。

7月6日，老宗住院的第四天，中午的阳光照射进病房。9号床上，老宗一脸忧愁地挂着吊瓶，人站在生死边缘，对死亡是害怕且敬畏的。你永远不知道意外和明天哪个会先到来。在死亡来临前，才发现原来活着的时候还有那么多的遗憾。

老宗喂养了一辈子乌猪，腌制了一辈子火腿，猪和火腿在他的血液里，在他的五官七窍里，甚至躺在病床上的他也会怀念猪屎的味道。

他突然担心自己"走"后，院子的猪圈会被推倒，挂火腿的小屋也会变成杂物间。

"爹，你喝水不喝水?"新英问了好几遍，老宗才回过神来摇摇头。

"爹，别胡思乱想，过几天咱就回家了。"

"英子，你给我讲讲愚公移山的故事。"老宗冷不丁地冒出这个想法。

新英以为自己听错了，她纳闷地看了看爹又看了看娘。

"爹，你怎么突然想听这个了?"

"让你讲，你就讲，哪里那么多废话。"老宗有些不耐烦地唠叨着，他也就敢在闺女面前发火，在儿子面前，他哪儿敢说话这么大声啊。

"行行行，我讲。愚公移山的故事大概是这样的：古时候，北山住着一位快90岁的老人愚公，他的家门前挡着太行和王屋两座大山，他把家人召集起来，决定用毕生的精力

来搬掉这两座大山。有个叫智叟的老人知道后讽刺愚公根本不可能把这两座山挖平，愚公对智叟说，即使他死了，还有他的儿子在这里。儿子死了，还有孙子。子子孙孙是没有穷尽的，而山却不会再增高，为什么挖不平呢……”

听到这里，老宗突然眼泪就流出来了。

“愚公不愚，他还有孝顺的子子孙孙完成他的心愿。估计我刚断气，咱家的猪圈就被推平了。”

新英听到爹的话，突然心中一阵悸动。她是不打算学腌制火腿这手艺了，所以才把烫手的山芋丢给了儿子林月明，让儿子看着办。可现在儿子在北京发展得挺好，万一……新英有些后悔，不敢再想下去了。

“他爹，赶紧把你的病养好就是。”老伴儿劝着。

老宗的心结一直在乌猪身上，可新贵不养猪，他能有什么办法呢？再说了，新贵养着一大家子人，养猪肯定就顾不住日子啊。

“新英，你打电话叫新贵晚上来一趟，我有事。”老宗迫不及待地望着闺女，要她打电话。

正陷入沉思的新英没问啥事就拿起电话拨打了新贵的号码。

“姐，我这次真的没钱了，你能不能跟爹商量商量，我已经把房产抵押一部分，打算另开张呢，一家四口生活，总得想办法糊口啊。”新贵用一贯的口气说着。

“新贵，爹有事跟你说，不是让你拿钱。”新英说完挂了电话。

新贵推托不了，只好去，杨双燕不放心，怕让他们拿钱，也跟着去了医院。

夏天的夜来得比较晚，十年前的义乌还是个县城，夜空中能看到的星星比较多，如今幼儿园的小孩子都能数得清天上挂着几颗呢。

“手术的事，和你家属早日商量好。”晚上10点，李医生下班前到病房询问了老宗的病情，然后跟新英简单交代了一些注意事项。

新英把李医生送出病房，关上门还没坐到折叠床上，门就被推开了，新贵两口子走进来，儿媳妇杨双燕手里还拎着一个塑料袋，装着蔫了的桃子，一看就是医院门口白天没卖完，晚上贱价处理的。

杨双燕把手里的塑料袋递给婆婆，转头对公公说：“爹，你今天感觉怎么样啊？你别跟我和新贵急，反正水站也被查封了，这回我们有时间了。”

她指着自己送来的桃子，又对婆婆说：“娘，你也得注意身体啊，唉，今天俊又打电话要钱了，说是参加学校的什么活动，要5000块钱，天呐！在北京上学真吓人，俊一个人我都感觉养不起了。”

婆婆打着哈欠不说话，杨双燕接着又跟新英抱怨：“还是姐好啊，月明年年拿奖学金，上学不花钱，毕业后找了好

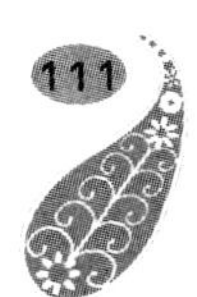

工作还给家里挣钱，唉，人比人，气死人。”

“你们挺忙的，既然人都来了，我就说个事吧。”老宗指了指病房的两把椅子，示意他们坐下。

“我年岁大了，现在又得了病，咱们宗家的手艺不能就这么断送在我手里，手艺就是一个家族的魂，我只有你这么个儿子，你跟我学习腌制火腿的技艺，当接班人吧!”

“爹，学手艺行啊，那秘方呢?”杨双燕问。

杨双燕对手艺才不感兴趣呢，她嫁过来的时候听邻里说宗家代代相传的秘方不次于现在故宫里的古董呢，光那个秘方到手就够在义乌市里买个房子了。

老宗担心的事还是发生了，这时躺在10号病床上的母亲突然起身，说到楼道里透透气，她刚出病房，新英也跟着出来了。

“我不学，爹，你那个秘方要是能卖钱，你就给我，我现在什么都没有，很缺钱。现在你让我学手艺，晚了，爹，我40多岁了，等我学会了，成名了，有钱了，老婆孩子都饿死了，真是越老越糊涂。”说完，新贵转身就走。

走到门口的时候，他转身又补了几句:“家都分完了，房产我就抵押了，我还得做买卖呀，还有你的老宅，趁着你还明白，赶快把遗嘱立了，别等着以后麻烦。”

新贵现在像热锅上的蚂蚁，被钱逼疯了，说话也顾不了谁是爹、谁是儿子了，一口气说完后，他转身就走，杨双燕也紧跟着出了病房。

从病房出来的新贵和杨双燕看到母亲和姐姐新英表情紧张地在窃窃私语，也无心过问她们聊什么，简单说了句话就走了。

新英见新贵两口子走了，便拉着母亲回了病房。

老宗闭上了眼，这一次，他什么都明白了，心里那么一点希望也如死灰般渐渐灭了！

没过一会儿，林月明风尘仆仆地回来了。他扫了一下病房内所有人，感觉不对劲。

“月明，你回来了？”新英愣了几秒。

“外公，你没事吧？吓死我了。”

“人老不中用了，唉，秋后的蚂蚱，蹦跶不了几天了。”老宗说话的语气很伤感。

“外公，你别这么说，现在科技发达了，前几天青藏铁路还通车了，医学界的新科技也比过去强多了，肯定能治好的，等你好了，我接你去北京，带你转转大北京城。”林月明安慰着。

柒

历经沧桑的人们都懂得，成功路上没有一马平川，沟沟壑壑、起起伏伏，才铸就了人生的点点滴滴。

躺在病榻上的白发老头，心中总有东西堵塞着。

儿子不孝，儿媳刁钻，就连两个孙子也无视这份亲情。老人在住院期间跟宗俊通了一个电话，宗俊对生病的爷爷很冷漠，三言两语后就草草地挂了电话。

老宗时不时地叹息，可当林月明问他时又不想说。

毕竟老宗脑子清楚得很，林月明是林家的人，不是宗家的人，他不想把手艺传给外孙，所以就不想跟他说心里话。

林月明只好安慰外公，两个人有一搭没一搭地聊着。

“爹，11点了，你和娘早点休息吧。”新英把母亲安顿在10号病床上，自己打开折叠床，关了病房的大灯，只留下床头的壁灯。

“月明，你睡哪儿?”外公和外婆同时问。

“外公，外婆，我高中同学的家就在医院门口，你们好好休息吧。”

人到老年，身体容易乏累觉多，况且这几天一直在医院折腾，片刻后，老宗和英子娘就睡着了。

“月明。”新英轻轻地把儿子喊出病房。

“你怎么回来了?”新英在楼道里小声地问。

“舅舅给我打电话说外公住院了，病得很严重需要做手术，还说钱一时半会儿凑不起来，我挺担心的，就请假回来了。”

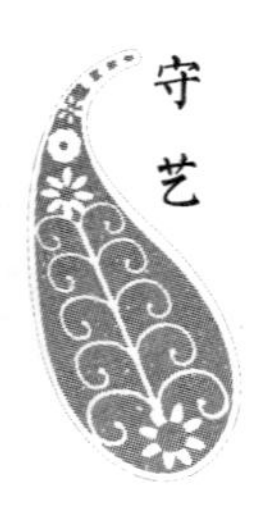

“既然他知道你外公病得严重，他怎么不让自己的两个儿子回来看？”新英发着牢骚。

“什么？外公住院几天了，两个表弟都没来？”林月明相当不满。

“妈，舅舅咱就别提了，外公什么病？情况怎么样？”

“唉，你外公胃里有个肿瘤，小孩拳头那么大，如果不及时做手术，恐怕肿瘤会越长越大，随时威胁生命。”

“妈，都住院四天了，怎么还没做手术啊？”

“手术费得6万块钱，你舅舅……”

“妈，命比什么都重要，我明天上午先把他骗过来再想办法，总之不能拖了。”

月明说完正要走，新英突然快步追上他，神情十分紧张。

“妈，你怎么了？”

“那张纸条还给我。”新英把手伸到儿子面前。

林月明掏出钱包，把那张纸条给了妈妈，新英拿到纸条后立刻撕得粉碎。

“这是火腿的秘方，我从你外公家偷的，这事你不许说出去。”新英很严肃地瞪着月明说。

林月明点点头，打了一个长长的哈欠，然后去了同学家留宿。

第二天上午八点半，林月明跟公司制作部经理续了假，电话里，经理再三强调月明制作的《动物奥运会》的期限快到了。这个《动物奥运会》是为了迎接2008年的北京奥运会而特别制作的动漫剧，到时候在中央电视台播出，如果违约，后果很严重。

林月明向经理保证等外公做完手术就回去上班，他挂了电话，接着又给潘婷婷打电话。电话里，他叮嘱潘婷婷按时吃饭，如果一个人在家害怕就随时给他打电话，睡觉前一定要检查一下门关好了没。

“我又不是三岁小孩子，你放心吧，你外公的病怎么样了?”潘婷婷在电话那端关心地问。

“我外公情况不妙，可能最近会做手术，等外公手术过了我再回北京。”林月明顾不上跟潘婷婷煲电话粥，言简意赅地表达了关心和说明了医院的情况后就挂了电话。

想了一想，林月明又拿起手机拨打电话。

“喂，舅，不好了，外公突然晕过去了，你快过来一趟吧。”林月明带着哭腔对舅舅说。

半个小时后，穿着送水服的新贵风尘仆仆地走进病房。

老宗睁着眼睛躺在床上打吊瓶，新英和月明坐在椅子上陪护，母亲躺在10号床上休息。

“爹，你不是好好的吗？我昨天晚上刚走，你今天上午就让月明打电话说晕倒了，吓得我在来的路上腿都软了。”新贵喘着气，一副受到惊吓的样子。

林月明拉着舅舅走到门外楼道里，新英也跟着出去。

“如果不及时做手术，没准哪天就不行了，我只是提前

说了。”林月明一脸的无奈。

“你个‘兔崽子’，耍到你舅头上了……”新贵对林月明一阵数落。

“数落够了没，我只是希望外公能尽快做手术，你们再忙也不能拿外公的命当儿戏啊。”

“我那个水站被封了，新水站刚开，我这不是拼命送水凑钱嘛！”新贵很为难地说。

“你凑钱要凑到什么时候？”林月明冷笑着问。

“外孙也是孙，你外公以前也没少带你，你如今在北京混出名堂了，要你出钱也不过分吧。你拿1万块钱，明天就做手术。”新贵说。

新英一直忍着不想跟新贵争吵，可他竟然让月明拿钱。

“一个刚毕业的学生怎么可能有那么多钱呢！”新英为儿子辩护。

“姐，镇上有几个不知道你儿子年年拿奖学金，比赛得奖，上班挣高工资。他拿1万块钱可是不疼不痒的。”

“行，我拿。”林月明看着躺在床上的外公，没有半点犹豫。

“我拿2万块，剩下的3万块你就不能推了。”新英有些生气地说。

“咱爹娘手里还有钱呢，我拿2万块，咱娘拿1万块，总行了吧，我现在在义乌连个属于自己的房子都没了。”

大家最后按新贵说的达成一致。

第二天早上8点，老宗的儿子、儿媳、女儿、女婿、外孙和老伴儿都陪在病房，他的住院单上交了6万块钱，手术被安排在当天下午3点。

“两个孩子能不能来医院一趟？”老宗问。

“爹，俊在北京实习呢，坐飞机也飞不回来，鹏上课时间紧，不好请假。”新贵说。

“万一我进了手术室，出不来了怎么办？”老宗两眼含着泪花。

“爹，看把你吓的，没事，我跟俊打个电话，让俊跟你说几句。”新贵说着拨通了宗俊的电话，按下扩音键。

“俊，你在北京怎么样？”老宗提着精神问。

“怎么样？不怎么样，跟表哥简直没法比，我在商场电器柜台当销售员呢，工资少，累成狗。爷爷，你有啥事吗？”宗俊在电话那端冷漠地问。

“俊，你在北京那么累就回家吧，我教你养猪、做火腿。”还没等老宗说完，宗俊借口来顾客了就匆匆挂了电话。

英子娘坐在10号病床上，紧张得不知道说什么好。

“鹏今天中午能不能来一趟医院啊？”

“爹，鹏中午吃饭时间很紧，况且他也没有手机，他晚上下晚自习后，我带他过来，你看行吗？”新贵说。

这时新贵尽量满足父亲，毕竟父亲活了60多岁还没进过手术室，心里肯定慌。人慌了就容易胡思乱想。

老宗“三句话不离本行”地惦记着宗家传下来的老

手艺。

“外公，你要实在放不下这手艺，我跟着你学。”

大人们权当林月明是在安慰外公，可外公的一句话让当场所有人结舌。

“月明，这可是我们宗家的手艺，不能传给你们林家。”

儿子新贵、儿媳杨双燕听到父亲说这句话，半晌没出声。

纵然女儿新英嫁到本镇，天天守着他、伺候他，本不该拿钱的外孙掏出1万元手术费，可在老宗眼里，他们只不过是外人。

林江想发火，新英和月明连忙劝住。

老宗在手术前八个小时内不可以喝水进食，中午其他人轮流到医院餐厅吃饭。

下午3点，老宗被推进手术室。家属们坐在楼道的椅子上焦急等待，三个小时后，手术室的灯灭了。大家看到灯灭，一窝蜂地向门口走去。

手术室的门被打开，李医生从手术室走出来，摘下口罩，他的额头上还流着汗。

“手术怎么样？”大家迫不及待地问着。

“胃里的肿瘤被取出来了，护士马上送去化验科，化验结果三天后出来，记住一定要安抚好病人的情绪。”交代完，李医生向自己的办公室走去。

护士用医用推车把还没有醒来的老宗推出了手术室，大家见了赶紧上前帮忙把老宗推进3号病房，又小心翼翼地把老宗从推车上抬到9号病床上安顿好。

护士把检测器放到9号病床旁的柜子上，熟练地把检测头按在老宗身上，给他扎针打上吊瓶，谁也不敢大声喧哗，等待着老宗醒来。

天色渐渐暗下来，病房的灯亮了。林江安慰了丈母娘几句，又跟新英说了几句话，然后就开着车回家了，他不放心母亲一个人在家。

时间一分一秒地过去，病房里安静得连掉一根针的声音都能听见。晚上10点，老宗慢慢地睁开了眼睛，他朝门口看去，正好看到进来的宗鹏。

一屋子的人都惊讶了，这大概是神奇的第六感吧。

宗鹏走到病床前，说："爷爷，我明年高考，学校安排补课，所以我一直没来。"言语间带着歉意。

老宗看着宗鹏，有气无力地张口说话，声音微弱得很，宗鹏把耳朵贴到他嘴边才听清楚。

"爷爷说什么?"几个大人问。

"爷爷问我想不想喂猪、做火腿。"宗鹏如实说。

"爹，你好好养病，别把孙子的大好前程葬送了，俊成不了气，我将来就靠鹏养老了。"儿媳杨双燕可怜巴巴地说。

"爹，镇上多半人姓宗，都是宗泽将军的后人，新生叔家没人继承，宝生叔家也没人继承，怎么就你心里的疙瘩一直解不开呢?"新贵无法理解地问。

老宗望着宗鹏期待答案，宗鹏摇摇头，老宗失望地闭上眼不愿说话。空气一下子安静极了，谁也不知道该说什么好。一屋子人又在紧张的气氛中度过了一个小时。

一个儿子、两个孙子，都不肯学老宗的手艺，任由他好话说尽，仍是无动于衷。

老宗叹息道："这可是咱们宗家的遗产。"

"外公，他们不学，我学。"林月明重复着之前的话。

新贵和杨双燕紧张地对视了一下，他们虽然不想学，可那个秘方他们是真心想要。

新英从来没想过娘家的财产，况且那个秘方她也已经撕碎，扔进垃圾箱了。现在月明又说想学，她真捉摸不透儿子哪根筋不对了。

老宗没有说话，只是发出一声叹息。

这已经是新英第二次听到儿子说愿意喂猪、腌制火腿了，她不禁想到"三人成虎"这个典故。

大家都打着各自的算盘不说话，屋子里很安静。

"爷爷，我明天还要到学校补课，现在已经11点了，我明天晚上再来看你可以吗?"宗鹏把声音压得很低。

老宗眼睛都没睁，只"嗯"了一声。

"你们都回去吧，我跟新英留下就行了。"英子娘开口道。

"妈，你跟我回家住吧。"新贵开口劝母亲。

好说歹说之下，母亲跟着新贵一家走出病房。

第二天上午，林江开着车到义乌市人民医院看望老丈人，他刚走到九楼，就看到老婆新英和儿子在楼道里说话。走过去听到聊天内容的林江简直气炸了。

“什么？你打算回来喂猪？”

“宗家的手艺让他们宗家人继承，你是林家人，也是外公眼里的外人，想什么呢？”林江把“外人”这两个字说得格外重，以此提醒着儿子。

“爸，妈，这是外公的心愿，而且这项手艺也是咱们廿三里镇的骄傲，从咱们义乌走出去的名人中，现代教育家陈望道、文艺理论家冯雪峰，还有历史学家吴晗，哪一个不是学成归来，报效家乡的？”

“报效家乡？平日里我还没发现我儿子有这么大的志向呢。”林江说着狠狠地扇了儿子一巴掌。憋着一肚子气的林江难以平复心中的怒火，索性他也不去病房，转身走了，免得跟老丈人说话时带着一股火药味。

林月明倔强地站着不说话。

“月明啊，你爸从来没打过你，这次他是真的生气了。外公的手术你已经拿了钱尽了孝心，你下午坐4点左右的火车回北京安心工作吧。”新英说完向病房走去。

上午新贵把母亲送到医院病房，和父亲简单聊了几句，看着父亲的脸色还可以就借口忙离开了，晚上他又来医院把母亲接回自己家。

病房里，还是新英母子陪护着老宗，月明并没有回

北京。

老宗的内心是矛盾的，照顾他的人一直是女儿和外孙，可他们毕竟不是宗家人。

这天晚上，林月明躺在折叠床上，新英躺在10号病床上。林月明这几天一直在医院24小时“待命”，外公的手术进行得很顺利，他也就很快安心地睡着了。半夜，心事重重的新英趁父亲和儿子都睡着，蹑手蹑脚地起床走到折叠床前，拿走了林月明放在枕边的手机。

新英在楼梯拐角处快速翻着林月明手机的电话簿，找到潘婷婷的手机号码后，她立刻拨打了过去。

此时是凌晨2点，潘婷婷被手机铃声惊醒，她赶紧打开卧室的灯，看到手机来电显示是林月明，她才长长地舒了一口气。

“喂，月明……”

还没等潘婷婷说完，新英就压着声音说：“我是林月明的妈妈。”

潘婷婷紧张得身子一颤，她实在想不出大半夜林月明的妈妈用林月明的手机给她打电话的原因，而且声音低得诡异。

“阿姨，您好，请问有什么事吗？”潘婷婷礼貌地问。

“有事，有大事。”新英在电话那端的语气突然伤感起来。

“出什么事了，阿姨？”潘婷婷以为林月明出了什么意外，心跳得很快。

新英把父亲住院、月明打算跟着外公学腌制火腿技术的事情一五一十地跟潘婷婷说了一遍。

“姑娘，虽然阿姨没见过你，但从月明每次提到你的高兴劲儿，我看得出他挺在乎你的。我和他爸含辛茹苦地把他拉扯大，就是希望他将来日子过得好。如今他大学毕业找到了好工作，哪根筋不对了非要回来喂猪。姑娘，要不你来一趟吧，把他带回北京去。”

怪不得林月明的妈妈半夜给她打电话呢，听了林妈妈这番话，潘婷婷气得把枕头狠狠地摔到地上。

为了和林月明在一起，潘婷婷不顾父母反对，想尽办法留在北京。自己刚刚留下，林月明竟然打算回家。她越想越生气，当即答应了林妈妈的请求。

新英听到潘婷婷的话，顿时一颗悬着的心放下了，她连忙用自己的手机存下潘婷婷的号码，并快速删掉了林月明手机上她与潘婷婷的通话记录。

潘婷婷挂掉电话后睡意全无，她恨不得插上翅膀飞到林月明面前问个明白。

她捡起地上的枕头，使劲地拍打着枕头上的灰尘，更像是把枕头当成林月明一般出着气。她看了看桌子上的闹钟，凌晨两点半，漫长的黑夜对潘婷婷来说太难熬了。

她拨打了114查号台，咨询了火车站订票点的电话号码，然后立刻给火车站订票点打电话，询问从北京到义乌的

火车时刻表。从北京到义乌有三趟直达火车，都是K开头的慢车，最早的一趟是早晨6点的，还有一趟下午4点的和一趟晚上9点的。

潘婷婷憋了一肚子气，她已经等不了明天的太阳了。她起身换掉睡衣，简单收拾了一下行李，然后背着双肩包走到防盗门门口，她深深地吸了一口气，打开防盗门走进了黑漆漆的楼道。

半夜的北京依然灯火通明，大街上车来车往，如同白天一样喧嚣，当然也有夜班公交车。潘婷婷打着手电筒来到离家最近的公交车站，虽然北京的夏天很炎热，但夜晚的风吹来还是有些凉意。潘婷婷从背包里掏出一件外套穿上，等了几分钟后上了北五环线50路公交车，再转了两趟公交车到了北京西站。

这时天已经蒙蒙亮，潘婷婷怕错过了6点的火车，小跑着奔向火车站售票处，售票处只有稀稀拉拉几个买票的乘客，她很快买了早晨6点由北京始发、开往金华的K411次列车。

列车随着“轰隆”一声开出车站，潘婷婷坐在靠窗的座位上。她突然哭了，原来林月明那么自私，如果他真的回家养猪了，她就立刻离开北京回邯郸老家。

潘婷婷的思绪随着列车的快速行驶乱飞，她越想越生气。林月明怎么会好好的前途不要了，回去喂猪？

上午八点半，潘婷婷的手机响了，是学校教务处主任打来的电话，虽然是假期，但学校的琐事还是有的，潘婷婷不上班也没请假，主任打电话过来询问一下情况。

潘婷婷这才想起来自己没有请假。

“杨主任，不好意思，我有些贫血，早上在家晕倒了，等我身体缓缓再去上班，可以吗？不好意思，忘记向您请假了，我下次一定注意。”潘婷婷故意把声音装得很虚弱。

杨主任简单叮嘱了几句就挂了电话。

潘婷婷打着哈欠，又不敢睡去。

这一天，老宗的化验结果出来了，新贵一大早就带着母亲从家里出发来到医院。李医生把新英和新贵叫到医生办公室，他的表情很凝重。新英和新贵看着医生的表情，大概猜出了结果。

“这是他的化验报告单，情况不乐观，是恶性胃癌，寿命最多不超过三年。”

“什么？”两个人听完李医生的话，都傻了眼，新英的眼泪吧嗒吧嗒掉下来。新贵平时不怎么回家看望父亲，他总觉得父母身体硬朗，来日方长，可当听到父亲只有三年的寿命时，他的眼睛也湿润了。

“李医生，你再想想别的办法，钱没问题，我们可以借。”新英哀求着。

李医生摇着头，说：“你们的心情我理解，可是恶性癌症就是下的一道死亡圣旨，现在的医学技术还没那么发达。我们医生的职责就是救死扶伤，如果有办法，我们医生怎么

会见死不救呢?”

“李医生，能不能求求你别让我爹知道真相?”新英再次哀求道。

“这个我懂的，病人心态好，也能延长寿命。宗大叔还需要住院一个月，恢复好点了再出院。”李医生跟他们两个交代着病情。

两个人控制住情绪，装作什么事都没有地走出医生办公室，回到病房。

“什么结果?”打着吊瓶的父亲和坐在旁边陪护的母亲急切地问新英和新贵。

“爹，娘，没事，看你们紧张的，那肿瘤被切掉了，爹再在医院住一个月就能回家了。”新英强颜欢笑地说。

老两口放心了。

不一会儿，护士过来催交住院费。

捌

经历水站被查封又重新开张这出戏后，新贵夫妻俩做生意不敢胡来了。

新贵回水站拿了1000元。

“咱爹的化验结果怎么样？”杨双燕一边盘点空桶，一边问新贵，就像在跟新贵谈论别人家的事。

新贵叹气道：“唉，恶性肿瘤，你可别让爹娘知道了。”

“你也别难过了，人的命，天注定，劝劝爹想开些。”杨双燕一句伺候公公的话都没有。

新贵拿了钱又返回医院交了住院费。

“爹，钱刚才交了，姐在医院照顾你，我去送水。”新贵赔着笑说。

“去吧。”老宗说。

新贵于是走出了病房。

住院花钱跟流水似的，这些天，不算手术费，平均下来每天也得300元左右，老宗还要在医院待一个月，这样算下来最起码还得再交6000元，义乌市的月平均工资才1500元呢。

“他娘，我手术也做了，没啥病的话咱就早点回家吧，住院一天好几百块钱呢，孩子们挣钱不容易。”

可怜天下父母心，尽管新贵平时对父母的关心并不多，可老宗躺在床上考虑的仍是儿子。

“爹，看你说啥呢？难道你养孩子就容易？钱花了还能再挣嘛。你和娘的身体好好的，比我们挣金山银山都强。”

“就是啊，外公，别乱想啊，你身体好了，我们在外面才能安心工作。住院的钱，舅舅如果不拿，我和妈会想办法的，这个你不用担心。”

新英母子安慰着老宗。

“英子，还不如让你嫁到远地方，省得守着我们天天给你添麻烦。”母亲言语间很是过意不去。

“娘，看你说啥话呢，嫁出去就不管你跟爹了？幸好嫁在一个镇了，要不然我回来还得多走几里路。”新英几句话就把父母哄开心了。

“月明啊，外公当着大家的面说你是个外人，你却把外公当成亲爷爷一样照顾着。”老宗先前说的其实不是心里话。

“外公，毕竟我是林家的人，如果你是皇帝，这皇位肯定是传给宗家的血脉，我没有怪你，你也不要自责了。”

林月明这时并不知道潘婷婷已经在来义乌的火车上，到了午饭时间，林月明搀扶着外婆到医院餐厅吃午饭。

给父亲换了吊瓶后，新英趁林月明吃饭的时间走到楼梯拐角处拨通了潘婷婷的电话，得知潘婷婷已经坐上早晨6点的火车，她放心地挂了电话，快步走回病房陪护父亲。

吃过午饭后，林月明给外公和妈妈打包了两份午餐，搀扶着外婆回了病房。

“妈，你吃饭吧，我喂外公吃。”林月明把一份午餐递给妈妈，又把另一份打开，拿着筷子细心地喂外公吃饭。

“把你折腾坏了。”

“外公，看你说哪里话，趁热吃。”

老宗每天打六瓶吊瓶，从上午9点开始，差不多到下午3点结束。护士起针后，林月明一脸困意地走到10号病床，刚躺下准备休息时，电话响了。

“谁打的？”新英紧张兮兮地问。

“公司经理打来的。”林月明说着按了接听键，边接电话边起身往外走。

“林月明，你明天马上回公司上班，那部《动物奥运会》动漫剧7月底必须制作完成，不能再拖了，如果不能按时制作完成，后果很严重。你应该清楚的。”话筒里传来经理的声音，语气十分严厉。

“经理，我……”

还没等林月明说完，经理又在电话那端下了最后通牒：“林月明，你无论如何必须明天到公司上班，抓紧时间把那部剧制作完成。”说完便挂了电话。

林月明今年元月底开始在鲲鹏公司工作，这半年来，公司交代的任务他一直完成得很好。遇到时间紧迫的任务，他吃住在公司，从来不喊累、不抱怨，完全符合公司最理想型员工。

可是这次林月明再三地请假，让公司感到意外，甚至有些措手不及，毕竟他手里还有很重要却未制作完成的动漫剧。

林月明把手机放回裤兜，他百感交集，一边是还未完成

的任务，一边是卧病在床的外公。

外公的身体到底怎么了？好好的？似乎没那么简单。之前舅舅不愿意拿钱，今天怎么那么主动呢？

林月明走到医生办公室，向李医生询问外公的病情。

“怎么？你妈妈没有告诉你？”李医生反问道。

“我外公是不是恶性肿瘤？我不会告诉他真相的。李医生，你告诉我吧。”林月明带着哭腔哀求道。

林月明这几天没日没夜地在医院照顾外公，医护人员都看在眼里。李医生对林月明这个小伙子的评价非常高，他跟林月明如实说了老宗的病情。

“什么？保养得好也只有三年的寿命了？”林月明的脑袋嗡嗡作响。

在北京接到舅舅的电话时，他只是以为舅舅不想出钱，把他当提款机用，以为自己出了钱，外公的病就能治好，外公就可以长命百岁。

钱让舅舅变得冷漠薄情，钱同样在生死面前变得苍白无力。

林月明礼貌地谢过李医生，走出办公室，他越发觉得亲情的重要。

为了不让外公多虑，他深吸了好几口气，调整好情绪才回到病房。

“外公，公司那边有事需要我处理一下，过十天我再回来。”林月明说着开始收拾行李。

“外婆，你也注意身体啊。”他还不忘叮嘱躺在10号病床上休息的外婆。

“你现在就走?”新英紧张地问。

“妈，我赶晚上的火车，医院这里靠你了。”

“说什么呢？我照顾我爹是天经地义的，还用你交代啊。”

新英说着把林月明叫出病房，两个人走到离病房有些距离的楼梯拐角处。

“你怎么突然要回北京了?”新英问。

“妈，你就别隐瞒我了，外公是恶性胃癌，最多就三年的寿命，他老人家要是高兴了，兴许还能创造个医学奇迹。”

新英被林月明说得一头雾水，问：“你过几天还回来?月明，医院有妈妈在，如果你舅舅不出钱，妈妈会出的。外公这边不用你操心，你在北京安心工作就行了。”新英劝着儿子。

“妈，我也是成年人了，我希望我可以控制自己的生活。”林月明很少这样大声跟妈妈说话。

“难道你没控制你自己的生活吗？当初我让你到杭州上大学，这样离家近，你说去北京是很多年轻人的梦想，我同意了。你选了你喜欢的专业，你谈了你喜欢的女朋友，你留在了离老家山高水远的北京，我说什么了吗？你现在还一肚子委屈呢。”新英没好气地数落着儿子。

林月明见妈妈生气了，便放低声音缓和着气氛。

“妈，我继承你们宗家的老手艺有什么不好吗？我身体里可是流着宗家四分之一的血液呢。”

儿子绕来绕去还是离不开喂猪，这要是在镇子上传开了，还不成了邻里们茶余饭后的笑柄。

“你这话要是传到奶奶耳朵里，她立马被你气晕了。再说了，一个萝卜一个坑，这么好的工作你辞掉了，公司种下别的萝卜就没你的位置了。”新英软硬兼施地给儿子做思想工作。

“三百六十行，行行出状元，喂猪也能喂出新天地。那中国工程院院士袁隆平教授还是个种庄稼的，整天面朝黄土背朝天，可是人家研发的杂交水稻为农村增产，享誉世界。”

“我说不过你，不过你女朋友明天早上就到医院了。”新英说这话时显得很威风。

“什么？”林月明惊讶地问。

“你也别怪我，我是没招了。明天你们有什么事在这说，别让外公知道他的病情。”新英指着楼梯拐角，说完转身回了病房。

林月明掏出手机，快速拨打了潘婷婷的号码。

潘婷婷长这么大从来没坐过这么远的火车，她听到林月明要喂猪的消息，一时头脑发热，连夜赶火车。

可上了火车后，她有些后怕起来。一天一夜的路，她一个人不敢睡觉，害怕坐过站，害怕车上发生什么意外。

潘婷婷的手机响起，看到是林月明的号码，她顿时火冒三丈，之前的害怕全都跑了。

“林月明，你跟我说清楚，你是不是打算回家养猪?”潘婷婷不再是以往的文静模样，不过她也顾不得形象了。

“是。”电话里传来林月明肯定的回答。

“你养猪，那我呢?”潘婷婷大声地问。她突然哭了，吓得旁边的乘客斜了她一眼，这情绪波动的样子，一看就是受了很大的委屈。

“你在下一站下车，在那里等我，我今晚坐火车回北京把公司的事处理完。”

“你处理完公司的事之后呢？那我呢？林月明，你必须跟我说清楚，我为了你不顾家人反对留在北京，你倒好，说走就走。我不下车，我跟林阿姨说理去。”潘婷婷委屈地哭着。

“你听我解释好不好?”

“有什么好解释的？你说走就走，你对得起我吗?”

林月明一时劝不了潘婷婷，只好等她来了一起走。

林月明从小跟着外公到鸡鸣山割猪草，在外公家的院子里切猪草、喂猪，冬日里看着外公和好几个爷爷一起杀猪，然后再用猪后腿腌制火腿。留在北京确实是他的梦，但那不过是一场追逐名利的梦，他就像是穿着钢筋混凝土的外壳徘徊在车水马龙的街巷、奔跑在地铁里的追梦人。这样的场景他现在想起来都感到心情压抑，他似乎对老手艺更有情结。他发现自己的每一次设计作品都带着泥土的气氛，不是火腿

的腌制，就是龙井茶的制作，而这些作品也使他在大大小小的比赛中名利双收。

可他若是回来，婷婷怎么办？他不得不考虑婷婷的感受。

次日早晨6点，林月明站在义乌火车站出站口等潘婷婷。潘婷婷从出站口走出来，一看到林月明，她的眼泪就吧嗒吧嗒地往下掉。或许是没有一个人坐过这么久的火车，或许是看见了眼前这个让她又爱又恨的人不知如何处理情绪，她把所有的委屈都化成了泪水。

林月明一边安慰着潘婷婷，一边恳求她一会儿到医院后不要在外公的病房里哭，怕引起老人怀疑。

潘婷婷抹掉眼泪，说："还是先在这里把我们的事情解决了再说。"她说着朝车站附近的快餐店走去，林月明忐忑地紧跟在后面。

两个人进了快餐店面对面坐下，林月明点了两份早餐。

"先吃吧。"

"我不吃！"潘婷婷说完推了推面前的早餐。

事情总归要解决的，况且潘婷婷奔波了一天一夜不就是要个答案吗？

"我外公四天前刚做了胃部肿瘤切除手术，情况十分不好，昨天肿瘤的化验结果出来了，是恶性的，通俗地说，外公的身体里有恶性癌细胞，他最多只有三年寿命了。而整个廿三里镇，外公是最后一个老手艺人，我不想这个最熟悉的味道在外公‘走’后消失。所以我想辞职回来，跟着外公学习，况且如果有人愿意跟着他学手艺，他会很高兴的，人高兴了，也会延长寿命。”林月明说着说着伤感起来。

潘婷婷和林月明在一起一年多，她清楚林月明对老手艺的情怀，不然他不会在每一部作品里都融入许多老手艺元素。可情怀归情怀，感情归感情，林月明的这层情怀实在太重，让潘婷婷在现实中无法喘息。

“既然你决定回来养猪，那长痛不如短痛，我们就分手吧，我辞掉工作回老家教书。我爱你是真的，但不能陪着你一起养猪也是真的。我不能不考虑我父母的感受。”潘婷婷说完起身离开，林月明连忙追了出去。

“你可以陪我来义乌吗？”林月明使劲地抓着潘婷婷的胳膊，生怕一不小心她就溜走了。

“放开我，你有你的理想，我也有，以后不要再联系了。”潘婷婷晃着身子想挣脱掉林月明的手，可林月明还是死死地抓着她的胳膊。

“林月明，请你也顾及一下我的感受好吗？”潘婷婷嘶哑地吼着，满腹的委屈一涌而出。林月明无奈地把手松开。潘婷婷走向火车站售票处，买了8点左右从义乌到北京的车票，林月明紧跟着买了同一趟列车的票。两人进了候车室，之后检票上车，一路上潘婷婷都没有跟林月明说话。

林月明在火车上给妈妈打了电话，交代了跟潘婷婷一起回北京的事后匆匆挂了电话，他有些生妈妈的气，毕竟潘婷

婷是妈妈“折腾”来的。

新英放下手机，她捉摸不透儿子：他是回北京踏实工作了，还是回北京辞职、收拾行李了？

经过一天一夜的行驶，火车呼啸着到了终点站——北京。

一路上，林月明找着各种话题跟潘婷婷聊天，可潘婷婷就是不理他。

“你回家好好休息，我先回公司处理些事情。”北京站出站口外，林月明说完就朝公交站走去，而潘婷婷向另一个通往学校的公交车的站台走去。她不知道自己用分手的方式来威胁月明改变主意有没有效果，如果没有，就说明月明真的不爱自己，宁可养猪也不愿意陪着她留在北京。

上午9点，林月明坐在鲲鹏公司制作室的格子间快速地敲着键盘、点击鼠标，赶着制作《动物奥运会》这部动漫剧。

晚上他加班到凌晨，整个公司只剩下他一个人。为了早点完成这部剧，他干脆住在公司员工休息室。

第二天早上6点，他下楼简单地吃了早点，又回来坐在电脑前开启开挂模式，他脑子里现在想的就一件事：抓紧把这部剧完成。

经过十天没日没夜的赶制，林月明终于在7月22日完成了《动物奥运会》这部剧。

在林月明请假的那几天，公司领导都为这部剧捏了把汗，没想到林月明不负众望，公司交代的任务他果然从未拖延过。

正在公司领导大赞林月明时，林月明做了一件让公司所有人都意想不到的事情，他向人事部提交了辞职报告，而辞职报告里更让所有人不可思议的是辞职原因：回家养猪，腌制火腿。

林月明辞职的事情迅速在全公司传开了，整个公司一下子炸开了锅，职场里钩心斗角，有些人想破了脑袋挤兑林月明，而林月明却主动辞职了。

公司董事长很欣赏林月明的才华跟责任心，在美国出差的他得知林月明要辞职后，为了留住人才，专程从美国飞回来，面对面地跟林月明做思想工作。

“林月明，去年在比赛场上看到你的作品《宗泽将军》时，我眼睛一亮，觉得真是英雄出少年啊。作为比赛的主办方，咱们鲲鹏当时的承诺是第一名签约鲲鹏公司，而把你的户口迁到北京是我当场临时决定的，可见我对你是寄予了很多希望。这样吧，从下个月起你的月薪不低于1万元。你考虑考虑。”董事长挽留着。

一个刚毕业的学生月薪1万元是什么概念？这时北京五环的房子1平方米才8000元，要想买套30平方米的公寓房，在鲲鹏工作一年就能付首付。这是多少职场精英梦想的待遇，可林月明当场谢绝了董事长。

他走出董事长办公室，回到工作了半年的格子间收拾私人物品，然后跟公司各位领导和同事道别。走出公司后，他

坐车回五环的出租房。这十天来他几乎和所有人断绝了联系。

在林月明埋头加班的第五天，潘婷婷向学校提交了辞职报告，她回到出租房收拾行李，打算回家。

“五天了，音信全无，看来月明已经做好了选择，既然分手是分定了，那我也不辞而别。”潘婷婷拉着行李箱，打开防盗门准备走。这时电话突然响了，她放下行李，从口袋里掏出手机，是弟弟潘超打来的电话。

“喂，超，有什么事？”

正值暑假，潘超想来北京玩几天，吃住当然是在姐姐潘婷婷这里。

“哦，行，你路上注意安全。”

潘婷婷挂了电话，又把行李放回她的那间卧室，计划等弟弟在北京玩够了，她跟弟弟一起回老家，正好弟弟能帮忙提行李。

读大二的潘超没来过北京，好不容易坐了十多个小时的火车来到北京，还吃住免费，他当然就开始乐不思蜀地疯玩。今天去故宫，明天爬香山，后天去颐和园，大后天去圆明园，把行程安排得满满当当。他心想，反正姐姐有个能挣钱的男朋友。

潘超一待就是好几天，起初他以为姐姐请假陪他玩，林月明在公司加班，顾不上招待他。

过了几天，他终于发现不对劲。他来北京好几天了，都不见林月明回来，而且林月明连个电话都不打，姐姐也只字不提林月明，好像林月明从北京消失了一般。

在潘超的再三追问下，潘婷婷跟弟弟说了实情。

潘超想起初次见面时林月明就大方地给了他500块钱，心想，万一姐姐另外找个小气、抠门的男朋友，他以后就不好“蹭”了。再说了，是金子总会发光，林月明一看就是潜力股，喂猪开个养殖场照样能成暴发户。

潘超劝姐姐别和林月明分手，一个劲儿地夸林月明，简直把林月明夸上天了。

“喂猪就当猪老板。再说了，姐，你在北京和在义乌都一样，不管在哪儿，回咱家都得坐火车啊。”

不管弟弟怎么劝，潘婷婷还是一肚子气，她也不想这些了，顺其自然吧。弟弟好不容易来一趟北京，她也不想因为林月明的事跟弟弟理论到底，反正陪弟弟玩够了就回老家。

晚上8点，疲惫的林月明回到小区。他老远看到自己家的灯亮着，顿时加快脚步朝家走去。

林月明敲敲防盗门，在卫生间里刚冲完澡的潘超哼着周杰伦的《米兰的小铁匠》出来，他隔着猫眼看到是林月明，赶紧开门。

“姐夫好！”潘超笑着冲林月明问好。

“你什么时候来的？怎么也不跟我说一下？”林月明听到潘超叫自己“姐夫”，多日的疲惫与错综复杂的情绪一扫而空。

玖

潘婷婷在卧室躺着，准备休息，听到林月明的声音后，她脑袋嗡嗡作响，立刻起床收拾行李，这时潘超和林月明在另一个卧室小声地商量着什么。

不一会儿，“咚咚咚”，潘婷婷卧室的门响了。

潘婷婷继续埋头收拾行李，不理会敲门声。

潘超边喊着“姐”，边推开门，他和林月明看见潘婷婷在收拾行李，便明白了潘婷婷的决意。

“姐，不是跟你说了嘛，你在北京还是在义乌不都一样吗？反正回家都得靠火车。再说了，养猪怎么了？养猪暴发户多了去了。”潘超劝着姐姐。

“拜托了，跟我回义乌吧。你总不能让我跟着你回你家当上门女婿吧。”林月明放低声音说道。

“上门女婿怎么了？凭什么我就必须跟你回你家，你就不能跟我回我家？”潘婷婷憋了一肚子气，一股脑地吼出来。

“姐，你当然不能带他回咱家了，家里还有我呢，你要是找个上门女婿，咱爹还得给你盖房子呢。”潘超用幽默的语气缓和着紧张的气氛。

“你说留就留，说走就走，我怎么跟我爸说？”

“姐，你尽管追随你的爱情，家里有我顶着呢。我可是咱潘家的命根子，他们不会不听我的。”

在潘超的不断劝说和林月明的不断哀求下，潘婷婷终于停止收拾行李，也算是给了自己一个台阶下，本来她就只是用分手来逼月明留在北京，既然无效果，她也只能跟林月明

去义乌。

“我外公还在医院，这些日子我妈妈一直在医院照顾，我想明天赶早上6点的火车回去。”

“可超刚来北京……”

还没等潘婷婷说完，潘超就打断了她的话，赶鸭子上架似的说：“我又不是三岁小孩，你明天就走吧，反正行李也收拾好了。”

真不知道林月明给了潘超多少好处费，他急着把姐姐送出去。

林月明把房子的钥匙给了潘超，并交代房子是月初刚租的，到9月底才到期，也把押金条给了他。

林月明连夜收拾了行李，第二天他们赶了早上6点从北京开往金华的K411次列车。

这一天是7月21日，老宗住院的第19天，上午8点，护士又提醒老宗欠住院费了。

“英子，别交住院费了，回去打吊瓶不也一样吗？在医院花钱太多了。”面对流水般的医药费，老宗很是心疼。

“爹，钱的事你就别操心了。”

新英走出病房，到楼梯拐角处给新贵打电话，想把他叫到医院。

“姐，你在医院守着呢，你先交1000块钱不行吗？我正送水呢。”新贵在电话那端说。

“送水，送水，送水，就算不交住院费，咱爹都住到你家门口了，你就不该过来看看吗？”新英很生气地说。

“姐，我不是这个意思，我马上过去。”

新英以前从没大声吼过弟弟，纵然觉得委屈，她还是为了爹娘忍住不生气，娘家有什么事，她都主动揽下。就像丈夫说的，弟弟都是她惯出来的，显然是得寸进尺。

这次新英在电话里吼了弟弟，一个小时不到，新贵就赶到了医院。

“咱爹的住院费又欠了，我刚才到李医生那边问情况，医生的意思是大概还需要十来天才可以稳定下来出院。这十来天的住院费怎么也得3000块钱，咱们每人1500块。”

“姐，我没带那么多钱，今天你先交，下次我来的时候再补上。”新贵虽然也心疼父亲，但更心疼钱。

“我今天先交1500块，你这几天就把剩下的钱交了。”新英说完转身走向病房，新贵跟着去了病房。

“娘，你跟我到我家住吧。”新贵发出邀请。

“不去了，这屋里还空着一张病床呢，我在这儿有你姐陪，别操心。”母亲说着拍拍空着的10号病床。

老宗怕耽误儿子挣钱，说：“你有事就去忙吧，这里有你姐姐呢。”

新贵正想走呢，听爹这么一说，拔腿就跑了。

“爹，你活这么大岁数了，头一次住院，住到他家门口了，还不让他尽尽孝啊。不是闺女提意见，既然他来了，总

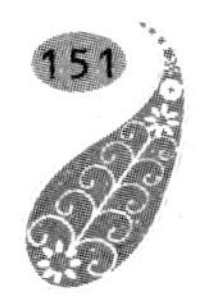

得让他给你喂口水、喂口饭吧。”新英埋怨着。

闺女一直在医院陪护，老宗却处处为儿子着想，他知道自己偏心不孝子，对女儿极不公平，可这重男轻女的老思想已经根深蒂固了，无法改变，他只能赔着笑不说话。

新英交了住院费，她每天按时给父母打饭，不停地盯着吊瓶，不时地给父母倒水，巴掌大的病房里，她一个人忙得团团转，咬着牙硬撑着身体，俨然成了铁娘子。

晚上等父母睡着后，她关了灯，拖着透支的身子慢慢打开折叠床，躺下捶打着酸痛的腰部。

想起丈夫，她不免有些惭愧，来医院的这段时间，家里的事都落在丈夫身上，他白天既要忙着装修队的事，还得去宗家喂猪。向来吃现成饭的婆婆现在也得自己做饭刷锅、打扫院子。林婆婆纵有一百个不情愿，总不能让累了一天的儿子回家后再做饭吧，既然不能阻拦儿媳妇，她就隔三岔五地去烧香拜菩萨，希望亲家老宗能赶快好起来。

林婆婆每次到小卖部买香火等供品，小卖部老板和碰见的邻居们都会随口问一句：“林阿婆，是不是你孙子又得奖了啊？咱们廿三里镇出名人了。”

林婆婆笑着不答话，快步往家走。提起孙子，她所有的怨言和委屈都烟消云散了，整个廿三里镇有几个不羡慕她的？

老宗往日里勤快，打扫完自己家院子后，再把门前街道仔细扫一遍。虽然院子里的猪总是哼哼着扰邻里，但看着干净的街道，邻居们也不好说什么。况且老宗每年杀猪后都会多多少少给邻居们送腌好的火腿肉，俗话说得好：吃人嘴短，拿人手软。

岳金山听说老宗住院了，就四处打听老宗的病情。这日黄昏，他赶着羊群，专门绕道经过老宗居住的北街。7月的天气十分炎热，被太阳晒了一天的屋子像个蒸笼，即便开了风扇，也还不如外面小风吹来凉快。

大家习惯性地把饭桌支到门口，一家人坐在门口吃饭。

经过老宗的邻居大河家门口时，岳金山故意放慢了脚步。

"大河，吃饭呢？"

“是啊，金山叔今天怎么从这绕呢？”

“去北街药店拿点药，人上了年纪，浑身毛病就多了。”岳金山哪里是去拿什么药，借口而已。

“金山叔，一个人在家注意身体啊。”

“还是大河关心叔，哦，对了，祖成哥什么病？都住医院快20天了，还没回来呢。”

“过几天就回来了。”大河说。

“你去医院看望了？远亲不如近邻啊，你们邻里住着，跟一家人似的。”

“这些天，大江哥经常来祖成叔家喂猪，他说的。”

岳金山听到老宗就要出院了，心里诅咒着：这老东西，住着院还惦记着家里的猪呢。

“估计祖成哥年底把猪杀了，来年就不喂猪了，你们大晚上听不见猪哼哼，也能睡个好觉了。”岳金山的语气带有几分嘲笑。

“金山叔，人家喂不喂猪，你住得那么远，就别操这份子心了。”大河怼了岳金山一句。岳金山挥着鞭，使劲地打在一只羊身上，吼着走了。

“金山叔，以后回家别绕这么远，留一地羊粪蛋子。”大河朝着岳金山的背影喊着。

7月24日早上6点，林月明和潘婷婷各自拉着行李箱、背着双肩包走出义乌火车站。潘婷婷望着四周，想着以后她要经常跟这个火车站打交道了，感慨万千。她无论如何也料想不到自己深爱的高才生愿意回村子里养猪，更想不到自己会一直追随。也许这就是爱情的力量吧，既然无法阻止，那就全力支持。

由于行李多，他们打车去了医院。

林月明和潘婷婷带着行李走进病房，外公正躺在病床上，外婆收拾着柜子。

他们看到林月明和他身边站着的、年纪相仿的姑娘，既惊喜又惊讶。

先说惊喜吧，虽然他们没见过潘婷婷，但这个姑娘八九不离十肯定是潘婷婷，外孙带着女朋友回来，老人肯定十分高兴。

再说惊讶吧，林月明刚回北京十多天，现在又回来了，而且还带着行李回来。

“姑娘，坐。”外婆热情地招待着，让潘婷婷坐在自己身边。

“月明，你怎么又回来了？经常请假的话，工作怎么办？”老宗连忙问。

“外公，我辞职了，婷婷也辞职了，她跟着我来咱们义乌。这几天我们在医院照顾你，让妈妈带着外婆回家好好休息几天。”

这时新英正好拎着打来的早饭走进病房，她看见儿子带着女朋友辞职回家了，顿时一口气堵在胸口。她没有想到连

潘婷婷也劝不动儿子，反而还被说服一起回乡了。

她把早饭放到柜子上，面无表情地说：“爹，娘，你们吃饭。”说完立刻转身，黑着脸使劲拉着林月明走出病房。

潘婷婷见状立刻起身，礼貌地跟宗祖成两口子说：“外公外婆，你们慢点吃。”说完急匆匆地走出病房。

楼梯拐角处，新英扯着儿子的衣服，连哭带骂。

“你外公住院，我就没指望你舅舅，我自己在医院就能照顾了，哪用得着你辞职回来伺候啊！人往高处走，水往低处流，那么好的工作你扔了，回家喂猪，你也不怕邻里们在背后说闲话，戳我们林家的脊梁骨啊。你简直气死我了。”

林月明低着头，任凭妈妈打骂，不说半句话。

“阿姨，你别生气了。”潘婷婷劝着。

虽然是第一次见潘婷婷，但新英相信儿子的眼光差不到哪里去，可潘婷婷没劝住月明留北京，这让她太失望了。

“姑娘，我大半夜给你打电话，是让你劝劝他，你倒好，人来了义乌，不跟我打个招呼就走了，我以为你把他劝走了，可结果，才十多天，你竟跟着他回来了。你们搞对象，我不反对，我打心眼里盼着你们留在北京过日子，可你……”新英叹着气。

“阿姨，你听我解释。”

“罢了罢了，你别解释了！我给大江打电话，简直气死我了。”

林月明明白他辞职先斩后奏这事，大家迟早都会知道，该面对的总要去面对，他没有阻拦。

“大江，你儿子把北京的工作扔了，卷着铺盖回家了。”

电话那端传来林江的咆哮声：“什么？他现在人在哪儿？翅膀硬了，我管不住他了是吧？”

“在医院，他女朋友也跟着他辞职了。”

“胡闹，简直胡闹，我马上过去。”林江说完挂了电话。

林月明辞职这事谁也无法理解，病房里，老宗又悲伤起来：“要是俊或者鹏回来跟着我学就好了。”

林江接电话时正带着装修队在邻村给人家装修房子，房子主人的儿子9月初结婚，眼下还剩一个多月，装修是个要紧事。可房子再要紧，现在也没自己儿子的前途要紧。林江跟工人们交代了活儿，便开着面包车上了马路赶往医院。

一路上，他脑袋嗡嗡直响，好几次险些开车撞到路边的电线杆。

平常需要40多分钟的路程，林江这次只用了半个小时就到了义乌市人民医院。他在楼梯上飞奔，不一会儿到了老丈人的病房。

一进门，林江果然看到儿子和他带回来的行李，顾不上跟老丈人和丈母娘打招呼，也顾不上潘婷婷在场，林江气呼呼地扯着儿子的衣服，把他拉出去，然后又是一巴掌。

这是林江第二次打儿子，和上一次打他的理由一样：不许他回来养猪。林月明从小就是整个廿三里镇上大伙眼里的好孩子，在家听话，在学校认真学习，大学毕业后顺利进入

国际大公司，可谓是人人羡慕的人生大赢家。

林家人出门走在路上都挺直了腰板，那都是林月明挣来的底气，可现在林月明扔下大好前程回家养猪，还不成了廿三里镇天大的笑话。

“你现在赶紧给你公司打电话，看人家还要不要你？”林江命令儿子。

“爸，你尊重一下我的想法可以吗？”林月明哀求道。

“你奶奶岁数大了，受不起你这打击。”林江气得肚子鼓鼓的。

林月明像块石头一样杵着纹丝不动。

“月明，算我求求你了，行不行？”新英的语气明显软下来。

“哪有老子求孩子的，你今天回也得回，不回也得回。”林江气得来回踱步。

“大江，孩子刚回来，让他们先休息休息，你今天回去别跟亲家母说，我再劝劝，你先回去吧，别让亲家母晚上一个人在家。”丈母娘走到楼梯间劝林江。

“宗祖成的家属在哪儿？开始打吊瓶了。”护士在楼道喊着，新英搀扶着母亲回了病房。林江父子在楼梯间僵持着。

新贵一大早就送了一车桶装水，他回到水站把空桶卸下，再装满一车子水，然后坐到椅子上休息片刻。

“燕子，爹过几天就出院了，这是最后一次交住院费，你看咱们就交了吧。”新贵低三下四地跟老婆商量着。

杨双燕拿着笔统计订单，头也不抬地说道：“姐昨天刚交了1500块钱，还能撑几天呢，歇够了赶紧送水去，再过一个月，两个儿子光学费就得1万块钱。”

新贵起身开着车送水去了。

医院里，林江和林月明在楼梯拐角处僵持到下午5点。

“明天上午我再来医院时你还不走，小心你的腿。”林江丢下一句狠话，转身就要走。

“爸，外公是胃癌，恶性的，最多活不过三年了，你就忍心让他老人家的愿望落空吗？”

林江听儿子说完，整个人定格了，他埋怨老婆一直在医院，不顾家，可他没预料到老丈人的时日已经不多。

他想起几天前在电话里跟老婆吵架，顿时深感内疚。人心都是肉长的，老婆照顾自己的爹，这个可以理解，但一码归一码，老丈人的愿望应该让宗家人来完成，为何要牺牲林家的未来呢？

“你想留下来照顾你外公也可以，但公司那边必须先打电话，等外公出了院，你继续回去上班。”林江作出让步后离开了医院。

他开着车回家，他不能把母亲一个人丢在家里。40分钟后，林江把车子开进自家院子，一下车，他就收起一切情绪，他不想让母亲担心。

晚上9点，病房里，老宗、英子娘、新英、林月明和潘婷婷几个人谁也不说话，空气仿佛凝固了一般。

“爹，喝点水吧，天热干燥。”新英率先打破了僵局，她端着水杯，准备给父亲喂水喝，宗祖成缓缓推开水杯。

他对林月明说：“月明，外公跟你直说，我知道你是孝顺的好孩子，可是喂猪、腌制火腿这手艺是我们宗家的，是我们宗家祖先宗泽将军发明的，不能传给外人。我不能坏了老祖宗留下的规矩。”

老宗说完把身子别过去，他知道这番话说出来一定会伤了在场几个人的心，他自己也是很难过、矛盾。

外婆和妈妈轮番劝，林月明就是不说话。

这时林月明的手机响了，他掏出手机看到显示屏上是舅舅。

“喂，舅舅。”

“表哥，是我，鹏。”

“哦，鹏，什么事?”

“我想买几套卷子做，你能不能帮忙推荐下，尤其是物理课，想起来就头大。”

“你来医院吧，现在书店应该还没关门，我带你去买。”

“什么？表哥，你在医院呢，好，我马上就去。”宗鹏说完挂了电话。一旁的新贵还以为听错了，连忙问：“鹏，你刚才说月明在医院?”

“是啊，我先不跟你说了，我去医院让表哥带我去买几套复习资料。”宗鹏慌忙向外走。新贵从抽屉里拿了些钱，数也没数就塞到儿子手里，说：“多买些资料。”

宗鹏拿着钱骑着自行车一溜烟不见了。

“自己的事都处理不了，还帮别人呢，别把表弟也忽悠退学，跟你一样回家养猪。”病房里，新英讽刺着儿子。

潘婷婷拘谨地坐在折叠床上不说话，林月明没跟自己家人商量好，她像是多余的存在。

“外公，你注意身体，今晚我赶火车回去吧。”潘婷婷的神经绷成一根弦，这样的气氛令她不知如何是好，也许她不该再在这个时候添乱，还是先回避一下吧。

“姑娘，我没事，你大老远来了，医院里休息不好的，

今晚让月明带你到他舅舅家将就一晚上吧，明天再回去。”老宗客气地说。

“姑娘，你跟月明都是文化人，你们能留在北京就好了。”林月明的外婆也客气地说。

新英从早上看见林月明的第一眼就昏了头，也没顾得上招待潘婷婷。儿子再不听话，也跟潘婷婷无关。

“姑娘，今天实在对不住，平日里我不凶的，都是他气的。”新英赔着笑指着儿子。

“爷爷。”宗鹏满头大汗地进了病房。

老宗和老伴儿看见宗鹏进来，脸上堆满了笑容。

“鹏，坐下歇息会儿。”老宗指着10号床说。

“爷爷，我先不坐了，书店都快关门了，让表哥带我去买些资料。”

“哦，去吧，别太晚回家。”奶奶叮嘱着。

林月明、潘婷婷和宗鹏一起出去了。

他们出去后，老宗再三跟闺女保证，绝不把手艺传给外孙，让闺女放心。可老宗心里还在惦记那张丢失的秘方，到底是谁拿了呢？

儿子和他女朋友双双辞职回来，新英看着病房里他们的行李怎么能放心呢？

晚上9点多的义乌市虽然没有北京热闹，可也是车水马龙，人来人往。

林月明、潘婷婷和宗鹏从书店买完资料出来，宗鹏推着自行车，林月明和潘婷婷并排走着，三个人沿着马路边散步。

“表哥，你真的辞职回来喂猪啊？”宗鹏很吃惊地问。

“还骗你不成？”

“那今晚你跟我一个屋睡吧。”

“这么晚了，不去你家了。我晚上住医院，让我妈和婷婷到宾馆住。你明天还要补课，赶紧骑着车子回家吧。”

林月明说完，宗鹏“嗯”了一声就骑着自行车回家了。林月明和潘婷婷回到病房。

“外公，外婆，今晚我在医院照顾你们，妈妈和婷婷先到宾馆住一晚。”

虽然新英生儿子的气，但毕竟潘婷婷第一次来，她能辞职陪月明回家喂猪，可见她很在乎月明。

这天晚上，新英和潘婷婷去宾馆住，英子娘睡在10号病床上，月明睡在折叠床上。

宗鹏回到家已经10点多了，新贵看到儿子回来，就迫不及待地问：“你表哥这次回来什么事？”

“我表哥辞职了，打算回来跟着爷爷喂猪呢。”宗鹏困意十足地走回自己的房间，新贵跟着进来，问：“你确定你表哥辞职了？”

“爸，我骗你干什么？哦，对了，他那个女朋友，就是俊哥见过的那个，也辞职跟着表哥回来了，刚才我们一起去了书店。”宗鹏说完拿睡衣去冲澡。

“什么？月明辞职了？”杨双燕说着从卧室出来，她瞪大眼睛，简直不敢相信自己的耳朵。

“要传手艺可以，但那个秘方必须传给宗家人。”杨双燕愤愤地说。

这天晚上，老宗半夜说梦话，林月明以为外公发烧说胡话，立刻起身，他听见外公说：“不能传给林家人，这是我们老宗家的财产。秘方呢？秘方呢？”

林月明想起妈妈之前撕碎的秘方，又想到舅舅和舅妈一直惦记的事，该来的总要面对。林月明先悄悄地把外婆叫醒，把秘方的事说了一遍，和外婆商量好后，他们趁老宗夜尿的时候，把秘方的事一五一十地交代了。

“什么？你妈妈把秘方撕了？”半夜处于迷糊状态的老宗听到外孙这么说，立刻清醒了。

“外公，那张纸应该不是代代传下来的，上面是繁体字，但纸看着也就几十年的历史，况且上面根本没有什么章。”

“我拿出来的时候看到上面没有章，当时也很好奇，可是觉得这也算门手艺，万一英子家过不了日子了还可以靠这个手艺过，闺女孝敬咱们啊。”英子娘最后感叹道。

在老宗很小的时候，他的父亲就教他背秘方，因为宗家就老宗一个孩子，早晚得传给他。

所以老宗在父亲去世后根本没有打开过秘方，他只是经常到那个藏秘方的砖块缝里看看纸还在不在。

既然那个秘方是手写的，不值什么钱，又是老伴儿给了女儿，女儿给了外孙，那么现在最好的办法就是让林月明再写一个秘方。

林月明半夜跑到外面24小时超市买了记号笔和练习书法的纸。为了做旧，林月明把纸揉了又展开，展开了再揉，动作反复不下100次。

病房里，老宗背着秘方内容，林月明用记号笔写着繁体字。就这样，一张秘方诞生了。

第二天早上，林月明起得很早，他给外婆打好水，让她洗脸，又洗了毛巾，给外公擦脸，然后出去给外公外婆买早餐，照顾得无微不至。

“月明，我一直想不明白，你为什么把那么好的工作扔了，非要回来喂猪？”老宗的语气显得很纳闷。

“这是我的情怀，我发现我的每一部作品里都有老手艺的影子，我不忍心这些东西丢失。这些手艺可是一代一代传下来的，它们凝结着先人的智慧和勤劳。”林月明正说着，病房的门被推开了，新贵两口子空着手走了进来。

“好贵的情怀啊，你是冲着那个秘方来的吧。”杨双燕冷冷地说。

“舅妈，我知道你一直惦记着那个秘方……”

还没等林月明说完，杨双燕就打断他的话，说：“难道你不是惦记那个秘方吗？”

“舅妈，我一个月工资1万块，一年12万块，再加上年终奖，我几年就能成百万富翁了，难道那个秘方能值100万块钱吗？”林月明不甘示弱地回击着，这是他长这么大以来第一次顶撞长辈。

“行，你有骨气，你要学手艺也行，但秘方是宗家的，你只管学手艺，秘方得传给我们。”杨双燕不退让。

“行，我本来也不是冲着秘方辞职的。”

“爹，那秘方在哪里？”新贵迫不及待地问。

老宗痛得心如刀绞，他躺在病床上，儿子和儿媳妇一大早就来病房吵闹。他们分明不是来索秘方，而是来索命的啊！

“秘方在家藏着呢，等我回家了，我就传给你，本来传家宝是等爹娘过世才传的，我现在就传给你。”老宗越说越生气。

“爹，你别生气，不然我就再等两三年。”新贵心不在焉地嘟囔了一句。

“什么？你盼着我两三年后死吗？”老宗抓起柜子上的水杯向新贵扔去，新贵到底才40几岁，反应不迟钝，他身子躲了躲，杯子就摔在了墙上，随后是落在地上“哐当”一声响，碎了。

这时新英冲了进来，问：“爹，你怎么了？”她看见弟弟一大早出现在病房，猜到父亲发火十有八九跟这两个人有关，她怒瞪着新贵。

“英子，数你和爹娘亲，可你怎么也隐瞒我，我是不是活不过三年了？”此刻的老宗扫视着病房里每一个人，从他们的表情中，他已经知道了答案，他只是想亲耳听到罢了。

人的眼神最不容易撒谎，老宗直视着新英，新英扭过头，躲闪着，默认着。

潘婷婷随后进来看到气氛有些不对，就放慢了呼吸，默默走到林月明身边站好。

“月明，外公最多也活不过三年了，你想学，外公就把所有的技巧都教给你。”老宗最后向命运妥协，而林月明在这种悲伤的气氛下听到外公的承诺只轻轻地点了点头。

“9号病床宗祖成，欠费了，麻烦交一下住院费。”护士进来提醒完走出病房。

“你又有什么鬼主意？说吧。”新英忍无可忍了，新贵竟然为了自己的利益把真相告诉爹。

“月明，既然外公同意把手艺教给你了，一家人不说两家话，当舅舅的就不绕弯子了。这老手艺总归是我们宗家祖祖辈辈传下来的，本来该我学，我忙水站，没时间，既然你想学，我们就成全你，不过丑话说在前头，学什么技术不得需要钱？今天的医药费还有以后外公回到家后买药的钱就当你交了学费了。”新贵一边打着小算盘，一边振振有词地说着。

月明冲着舅舅点头，表示同意。

“好你个死东西，胳膊腿闯四方，忘爹娘了。就为了

钱，想气死你爹和我啊。”

嫁到宗家以来，冯盼盼这是第一次发这么大的火，她拿起门口的扫把打儿子，新贵求饶着走出病房，她拿着扫把跟出去接着打。如果不是前年摔倒过，她准满楼道追着打他。

不一会儿，楼道里聚集了一群看热闹的，新英劝母亲回了病房，新贵和杨双燕才满意地走了。

“知己知彼，百战不殆。”新贵知道姐姐新英和外甥不会不管父亲的，以后母亲有什么三长两短，自然也是同样的道理。

病房里，老宗流着两行老泪，为自己为时不多的日子难过，也为这个儿子悲伤。

“爹，你别哭了，你管不住自己的儿子，我也管不住自己的儿子，他们愿意干什么就让他们干吧。”新英说着气话哄父亲，也不再阻拦月明喂猪。

“既然你同意月明跟我学了，屋里就剩咱们几个，我也就不藏着了。秘方的事月明跟我说了，这是月明昨晚写的，你放在家里那个地方。等我回去，让新贵自己来拿，剩下的事，你们就不用管了。”老宗说着从床铺下掏出一张纸条递给新英，新英接过纸条放到口袋里，又谨慎地拉上拉链。

“妈，太谢谢你了，我爸那边就靠你了。”林月明再三谢着妈妈。

“医生说我什么时候可以出院?”老宗急切地问。

“9号床宗祖成，如果不交住院费，上午的吊瓶就打不了了。抓紧时间交一下啊。”护士这时候又走进来催交住院费。

“妈，我去交一下住院费。”林月明说着走出病房。

“姑娘，你想好要跟着月明喂猪了？”老宗问道。

夏天的阳光隔着窗户照进病房，潘婷婷点了点头，然后走到窗户边拉上窗帘。

“月明果然好眼光，只是我家的事让你见笑了。”老宗为刚才的争吵感到丢人。

“外公，好好养病，月明不会不管你的。”潘婷婷安慰着。

半个小时后，老宗打上了吊瓶。

“唉，人老不中用了，住院花钱跟流水似的，医生说我什么时候可以出院？”

“爹，钱的事你不用操心，还有十来天就能出院了。”新英安慰道。

“家里的猪，大江喂着没？”老宗问。

“妈，你在医院20多天了，你今天带着婷婷回家，回去替爸喂一下外公家的猪，我这几天在医院。”林月明跟妈妈说。

“可你奶奶知道你辞职回家喂猪的事吗？”外婆有些担心。

“外婆，喂猪能把未来媳妇领到家也算一种本事。”林月明打趣着逗外公和外婆。

新英在医院这20多天生了黑眼圈，实在是硬撑着。把父母交给儿子，她也放心，交代了几句后，她带着潘婷婷走出病房。潘婷婷拉着行李箱，临走之前又很关心地问候了老宗夫妇。

虽然潘婷婷不善言语，但她的懂事和温柔让宗家和林家人都非常喜欢。

病房里，林月明突然想到什么，他追到楼道里跟上妈妈和潘婷婷。

“妈，你回去先别跟奶奶说我辞职了，就说婷婷学校放假，她来咱家住几天，我请假陪外公的，记得先哄奶奶开心再说。”

“放心吧，你奶奶看到未来孙媳妇进家，肯定不当着婷婷的面跟你发脾气的，她还怕发脾气吓走孙媳妇呢。”

母子俩说完哈哈大笑，潘婷婷脸红起来。

林月明送走妈妈和婷婷后快步走回病房，他给外公外婆倒水、削苹果，陪他们聊天。笑声赶走了病房里这20多天沉闷的气氛。

“月明，喂猪可不是养宠物，尤其是喂咱义乌的乌猪，比喂普通猪费劲。你赵大年爷爷家的猪就是因为没管理好，夏天得了瘟疫，一窝猪相互传染，没几天就都蹬腿了。这乌猪在六月龄前生长发育较快，两岁长到成年。在农村饲养条件下，育肥猪在八月龄时体重就差不多到80公斤了。长到这个体重的育肥猪，基本就可以杀了。咱们镇以往买种猪都选在二月初二龙抬头的日子，一来求龙王爷保佑，二来这时候买猪仔，养到农历十月，猪仔差不多都在80公斤左右，也到了杀猪的时候，杀了猪可以卖钱过个好年，冬天人闲，顺便可以把留下的猪后腿腌制成火腿。”老宗讲起喂猪、腌制火腿这手艺，提足了劲，滔滔不绝，林月明倒了一杯水递给他。

“外公，喝点水，润润嗓子。”

躺在床上打吊瓶的老宗侧着身子喝水，尽量不把水洒在床上。

新贵自从上次离开后就一直忙水站的事儿，没去过医院，他知道外甥会把父亲照顾好的。

拾

自从林月明照顾外公以来，病房里就时常传出一阵阵笑声。

“宗大叔，今天笑得跟朵桃花似的，什么事这么开心？”李医生走进病房后也受到这种欢快气氛的感染。

按规定，李医生每天查一次房，跟进病人的病情。

“没事瞎乐。”老宗笑着说。

“那你说来也让我瞎乐呵乐呵。”李医生笑道。

“李医生，刚才我外公说他小时候见邻居们到山上放羊，他就学人家，给猪拴了晒衣服的绳，牵着猪到山上放猪。出了圈的猪在山上四处奔跑，外公追着猪也四处跑，跑掉了鞋子还摔了个四脚朝天。”林月明说着把自己逗乐了。

李医生详细地查看了老宗的病情，说：“宗大叔，养病先养心，你天天这么高兴，说不定能创造出肿瘤界的传奇。”

李医生说完走出病房，照例检查别的病人去。

“他爹，听见医生的话没？凡事往好处想，要不然还对不起月明的唾沫星子呢。”

外婆和月明变着法子让外公开心。在廿三里镇的林家，潘婷婷同样变着法让林婆婆开心。

7月25日下午，新英带着潘婷婷坐公交车去廿三里镇，车上几乎都是廿三里镇的乡亲，见了面，大家互相打招呼。

“大嫂，你旁边坐着的这姑娘是谁啊？”街坊美静打量着潘婷婷。

“这是我儿子的女朋友。”新英说话时可神气了，她还故

意挺了挺腰板。

潘婷婷朝美静笑笑，算是打招呼问好，然后不好意思地低下头。

“这姑娘一看就是知书达理的好孩子，这要是生在古代，准是大官家的孩子。”美静一脸羡慕地夸着潘婷婷。

新英拿起手机，拨打了丈夫的号码。

“大江，我在公交车上，一个小时后就到家了。”

“你回来了，那谁在医院？月明那小子什么情况？”林江迫不及待地问。

“到家了再跟你说，我带着婷婷一起回来的。”

“好，好，好，你们路上慢点，我现在就回家跟咱娘说一声去。”林江说完挂了电话。

公交车行驶在柏油路上，新英表面上和邻里们笑着打招呼，可她的心随着车子的行驶愈加纠结，坐在她身边的潘婷婷也是一样的心情，毕竟到了家还要面对林婆婆。

车子在路上行驶了40多分钟后到达廿三里镇，乘客们一个个下了车。

“嫂子，该下车了。”美静经过新英旁边时提醒着。

“不急，不急。”新英示意大家先下车，不到一分钟，车上空得只剩下新英和潘婷婷两个人。她们突然紧张起来，潘婷婷更是不知所措地抠着指甲盖。

“阿姨，林奶奶凶吗？”潘婷婷提前打探着。

“不凶。”新英笑着拉潘婷婷的手下车。

从公交站回家会经过娘家，新英带着潘婷婷先到娘家把写着秘方的纸条放在了爹交代的地方，然后一起朝自己家走去。

一路上碰见的邻里看到新英拉着和她儿子年龄相仿的女孩，都好奇地问是不是月明的女朋友，新英笑着点头。然后一边收着大家的祝福，一边越来越忐忑地拐进家门前的街道。

她们大老远看见林婆婆和林江已经站在门口等候，林婆婆望着街道的拐弯处，早已望眼欲穿。

一看到潘婷婷，林婆婆笑得脸上的皱纹都挤到了一起，她向新英和潘婷婷挥手，后者加快了脚步走到家门口。

“奶奶好！”潘婷婷礼貌地问候了一声。

“姑娘，累了吧，快进屋歇息。”林婆婆拉着潘婷婷走进院子，径直进了堂屋。

她们坐在沙发上聊天。

“姑娘，晚上我在东里间睡，你在西里间睡。吃过晚饭，你早点休息，大老远从北京过来，一定累坏了。月明这孩子孝顺，刚下火车就到医院照看他外公了。”之前亲家婆受伤住进林家，林婆婆都没让亲家住堂屋，今天林婆婆主动让潘婷婷住到堂屋，可见她是打心眼里喜欢潘婷婷这姑娘。

潘婷婷听到林婆婆这样说，想着最起码可以瞒几天，先不管那么多，“车到山前必有路，船到桥头自然直”。

“奶奶，今天回来得仓促，也没给你买什么。”潘婷婷说

着从包里掏出用纸袋包装的北京烤鸭，塞到林婆婆手里。

“这是北京烤鸭，北京的特产，可好吃了。”幸好潘婷婷在义乌汽车站买了一袋北京烤鸭救驾。

堂屋里有说有笑，站在家门口的林江气得憋红了脸。

“这鬼孙是不是脑袋被驴踢了？过几天咱爹出院，他跟着回来，这简直是镇上天大的笑话，到时候我跟你出门就低着头走，咱娘估计以后连家门都不想出了。”

林江一拳打在墙上，手蹭掉一层皮。

“别生气了，今天先别让娘知道。”

“这么大的事，娘早晚知道。”

“最起码人家姑娘这是第一次进门，你先别发这么大脾气，到时候把姑娘吓跑了就不好了。这姑娘人可以，最起码她能跟着月明回来喂猪，说明人家还是有情有义的。”

看到儿子的女朋友第一天进家门，林江压着怒气进了家，新英也跟着进去。他们走到堂屋招呼潘婷婷。

“婷婷，喝水。”新英客气地倒了两杯水，分别递给婆婆和潘婷婷。

“阿姨，你也累了，坐下来歇息歇息。”潘婷婷说着起身给新英让座。

“你们先聊，我去小卖部买点菜，等会儿我给你们做饭。”林江说着走出堂屋。

这一天，一家人愉快地相处，其间还来了几个邻居，说是闲聊，实则是来看看林月明的女朋友长什么模样。

因为心虚，潘婷婷在林家越住越紧张，生怕什么时候说漏了嘴。这些天来林家串门的邻居明显多了，他们是奔着潘婷婷来的。潘婷婷是教师，她放暑假倒也不奇怪，可林月明是要工作的，而且又不逢年过节，他最多请上一个礼拜的假，即便请上一个礼拜的假，也总该回家看望下奶奶吧。面对林婆婆的各种问话，潘婷婷有些招架不住了。

住在林家的第八天，潘婷婷跟新英提出回医院。新英看出了潘婷婷的担心，趁着一家人在厨房吃早饭的时候，她跟婆婆说："娘，婷婷今天回义乌，明天跟月明一起回北京。"

新英话音刚落，林婆婆很生气地把筷子"啪"的一声掷到碗上。

"他是林家的人，还是宗家的人？大老远从北京回来，能在医院住七八天看他外公，就不能抽一天时间回来看我这个老太婆吗？"林婆婆说完怒瞪着新英和林江。

"娘，别生气，月明女朋友还在呢。"林江赔着笑劝道。

"娘，我不是跟你说了吗？我爹得的是恶性癌症，你怎么就不能理解一下？月明没回来，可他不是让女朋友回来陪你了吗？"新英说着，眼泪流了下来。这两行热泪，是为她寿命不多的爹流，为她不孝顺的弟弟流，为她不听话的儿子流，也为抗风抗雨抗闪电的自己流。这些天面对父亲的住院，她赤裸裸地看到亲情薄得像一张纸，经不起任何考验。

"你和婷婷收拾一下就一起去医院，我在家陪娘顺顺心。"林江缓和着气氛，示意老婆赶紧带着潘婷婷走。

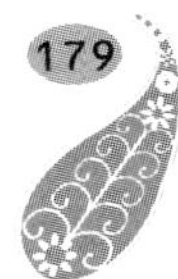

潘婷婷和新英很快收拾了行李去车站坐车，一路上和回来时一样，有很多邻里看着潘婷婷问东问西。

新英笑着跟邻里们聊天，可心里恨不得自己能脚踩风火轮逃离。坐上公交车后，车子很快启动发动机行驶在柏油路上。

这一天上午8点，护士又进来催交住院费。

“我回家吧，家里还有钱。”外婆不忍林月明小小年纪就担起本不用承担的责任。

“外婆，你也太小看我了吧，你在病房照顾外公，我去对面银行取钱。”林月明笑着劝外公外婆，可走出病房后，他的脸色立刻难看起来。

八天前，他向舅舅保证了外公的住院费，在舅舅离开、妈妈带着潘婷婷回家后，他就立即给大学舍友高欢打了电话。高欢支支吾吾，勉强借了他1000块钱。高欢这个人很现实的，毕竟大学毕业后，大家各奔东西，以后有什么困难，未必能帮得上忙，结婚的时候能不能到场还是一回事。

1000块钱对于现在的林月明来说确实是一笔大数目，可对于医院如流水般的住院费来说，实在是杯水车薪。不到四天就又被通知欠费，他之前一再向妈妈保证自己卡里有钱，妈妈才勉强不反对他跟着外公学老手艺，所以现在向家人开口肯定不合适，他们说不定还会借此机会把他和潘婷婷送回北京呢。

面对家人，林月明只好打肿脸充胖子。他走到医院对面的银行，给杨天宇打电话，在银行工作的杨天宇虽然不理解他为什么辞职，但哥们儿一场，他马上给林月明打了1000块钱。

林月明又给刘健打电话求助。虽然自己还是一个广告公司的实习生，但刘健知道哥们儿开口了，肯定是有难处，所以他请假跑回家，向妈妈撒谎称自己手机丢了，要借钱买手机，很快他妈妈给了他1000块钱，拿到钱后，刘健立刻给林月明的账户汇了过去。

林月明取了钱，到医院交费窗口续了住院费，然后走到九楼护士站告诉护士外公的住院费已经续上。

林月明走进病房，这时医生在病房内跟进老宗的病情。

“医生，我外公的病怎么样了？”

“看来好心情比灵丹妙药还管用，宗大叔的病情很稳定，明天就可以办理出院手续了。你跟我来趟办公室，我给宗大叔开些药，记得以后要每天按时吃药，尽可能地控制癌细胞扩散。”

林月明跟着李医生去了办公室，医生边写药方，边给林月明交代注意事项。

“李医生，我外公的病……”林月明停顿了，他很难启齿，也不愿听到外公可能死亡的时间，李医生拍着林月明的肩膀安慰道：“小伙子，我们都尽可能地创造奇迹吧。”

林月明谢过李医生，拿着药方走出办公室，径直走向

病房。

这时老宗已经打完吊瓶，外婆坐在10号病床上陪护。

“那些药很贵吧。”老宗问走进病房的林月明。

“不贵，外公，你就好好养病吧，明天咱们就出院了。”林月明安慰着。

“他爹，药再贵也没你的命贵，你就安心过日子吧。不管是谁都得死，宝生、双喜活得还没你岁数大呢。”老伴儿劝着。

“他娘，你说的这话不耐听，就算我死得早，我也不盼着宝生、双喜他们‘走’在我前面啊。”宗祖成跟老伴儿犟着，老伴儿顺着他沉默下来。

“爹。”新英说着和潘婷婷进了病房。

“妈，外公明天就可以出院了。”

“太好了。”

母子俩说着老宗出院的事情，恢复了往日的关系。

“外公好，外婆好！”潘婷婷把买来的水果放到柜子上。

“一家人别这么客气，以后别再买东西了。”外婆笑得眼睛眯成了一道缝。

“你怎么拉着行李箱来了？”林月明以为潘婷婷改变主意，计划走。

“不拉着行李箱出来，能骗得过你奶奶吗？”

听到潘婷婷这么说，林月明长舒了一口气，一颗悬着的心落地了。

“可明天我就出院了，亲家早晚得知道啊。”老宗很是自责。

“爹，你又多想了。”

“外公，不怪你，这是我自愿学的，再说了，三百六十行，行行出状元。”

这天晚上，新英又带着潘婷婷去宾馆住了一晚上。晚上9点，躺在宾馆床上的新英想：“父亲提前出院，总该给新贵打个电话，免得他不来看望不说，还数落自己没通知他。再说，如果给林江打电话，也太说不过去，林江一个女婿已经做得比儿子还到位了。”

新英拿起电话，拨了弟弟新贵的号码。

“新贵，咱爹明天出院，你上午早点来，开着面包车把咱爹送回家。”

“姐，知道了，我明天一大早就过去。”新贵在电话那端唯唯诺诺。

第二天下午4点多，老宗从义乌市人民医院回到了廿三里镇自己家。新贵把车上的东西放进堂屋，然后开口就问秘方在哪里。

老宗告诉新贵，秘方被放在宗泽像下方的一个砖块缝里。新贵立马脚踩风火轮一般地跑到宗泽像前，他终于找到了这个秘方。可在打开秘方后，他脸上的笑容瞬间消失了。

这上面没有什么章啊，年代也没那么久远。

新贵走到东屋，问：“爹，这是假的吧？”

“你爷爷去世前跟我说放在那个砖缝里，我根本没动过，再说上面的内容我十来岁就会背了，我也没必要动，更何况我死了也得传下去，你觉得我有骗你的必要吗？”老宗这番话说得新贵哑口无言，可惦记了几十年的东西竟然一文不值，这让他怎么也接受不了，况且回家怎么跟媳妇双燕交代呢？

“爹，你是不是把真的秘方给月明了？”

“你想气死我是不是？”老宗说着咳嗽起来。

新贵也不好再说什么，找了个借口便开着车回义乌了。

邻里们听说老宗出院回来，便在吃过晚饭后拎着礼物来看望他。

大河提了一篮子鸡蛋，还没进院子，他就扯着嗓子喊：“大叔，大叔。”

大河进了堂屋东里间，放下鸡蛋，看到潘婷婷也在，他就忍不住上下打量了一番，然后冲林月明坏笑着打了一拳，道：“你小子有本事，咱镇子的面子以后就靠你了。”可他发现这样的夸奖让屋里几个人的脸色极不自然。

“大河，坐。”老宗坐在床上指着椅子。

“大叔，你不在家这些天可把大江哥忙坏了。”大河跟老宗聊着。

“月明，照顾好大河舅。”新英说完走到了院子里。

在老宗住院的这些天，林江不仅忙着装修队的活儿，也要照顾家里的老母亲，还要喂养老丈人家的猪，儿子辞职的事更是让他憋了一肚子气，为了不让母亲生气，他还得费口舌周旋，所以他哪里有时间像老丈人那样每天早上打扫猪圈，上午到鸡鸣山割草回来喂猪。他这些天都是在镇上买现成的猪饲料来喂，猪圈这十来头猪的猪毛颜色都发乌了，还掉了不少。因此，新英到厨房穿上围裙后就到院子里清理猪圈。

不一会儿，大河从堂屋出来了，他跟满头大汗地清理猪圈的新英打招呼。

“新英姐，大叔有你这样的女儿真是上辈子修来的福

气。”大河跟新英闲聊了几句，便离开了。

新英打扫干净猪圈，又把厨房里里外外收拾了个干净，再到小卖部买了菜和大米，回到娘家开始做晚饭。

林婆婆和林江在自己家吃晚饭，林婆婆说：“大江，一会儿跟我到小卖部买些鸡蛋饼干，我们到亲家家里看看。”

“娘，天黑了，又没路灯，你明天去吧。一会儿他们娘俩就回家了。”

“还知道家里有奶奶呢。”林婆婆抱怨了一句。

“娘，他女朋友也跟着回来，你可别给人家使脸色啊。”林江轻轻地提醒着。

“那姑娘也回来啊，你怎么不早说？”林婆婆听到潘婷婷要来，高兴坏了，她赶快吃饭，吃完饭放下碗就回堂屋把潘婷婷之前住的西里间收拾了一下。

一会儿工夫，林婆婆就把西里间收拾干净了。

“可不能让年轻人嫌弃我邋遢。”林婆婆环视着打扫干净的屋子，满意地说。她日夜盼着月明早点结婚呢。

8月的南方小镇依然很炎热，林婆婆摇着蒲扇坐在家门口，张望着等孙子和未来孙媳妇回来。

“新英，你们早点回家吧，你爹不耽吃不耽走，我在家呢，别操心。”晚饭后，母亲让新英他们回家。

本来新英和林月明争着住下来，可几番话后老宗老两口还是决意让他们回家。

“娘，你有事给我打电话。”走之前，新英指着里屋桌子上的电话机跟母亲说。

“知道了，走吧。”母亲有些不耐烦地往外撵他们。在新英、月明和婷婷离开后，她却站在家门口凝视着他们拐弯的路口许久，直到屋里老宗喊她，才转身进门。

新英、林月明和潘婷婷拐到家门前的街道，又看见和上次同样的场景：婆婆已经在家门口等候。

“奶奶。”林月明大老远挥着手，边喊边跑。

新英和潘婷婷加快脚步紧跟着。

“你还知道奶奶呢，我以为你只知道你外公外婆呢。”林婆婆撇着嘴数落林月明。可把他们请进院子后又开始嘘寒问暖。每一位老人都是刀子嘴豆腐心。

林江早已在院子里把小饭桌、小板凳摆好，桌上放着水果、杯子和一个暖水瓶。

“这次好不容易回来，月明你多住几天吧。”林婆婆说完发现大家的表情很尴尬。

她以为孙子明天就走，于是像个受委屈的孩子一样，气鼓鼓地说：“明天就走，反正你外公出院了，你也用不着再请假了，我这个老太婆可耽误不起你的前途呢。”

“奶奶，我辞职了。”林月明索性坦白了。

“什么？好好的工作干吗扔了？就算要扔掉那工作，你也得先找到比那个更好的工作啊，骑驴找马这个道理，你总懂吧？”林婆婆不知道孙子葫芦里卖的什么药，但她有一种不好的预感。

8月初的夜晚，上弦月的光很微弱，但林月明还是能看到爸妈用嘴形示意他不要再继续说下去。

“爸妈，奶奶迟早得知道。”

林婆婆不知他们打的什么哑语，大声训斥道：“你们到底瞒着我什么事？我看在你女朋友在家的份儿上一直忍着，你们几个合起伙来骗我是不是？”

“奶奶，你别生气，情况是这样的，我想跟着外公学老手艺，你知道外公的时间也不多了……”

林婆婆打断孙子的话，大声吼道：“什么？你想学喂猪？你回到镇子喂猪，丢人现眼……”她受不了这种刺激，突然晕了过去。

面对这突如其来的状况，大家一时惊慌失措，只能手忙脚乱地扶着林婆婆，大声喊她的名字，而且现在是晚上，大家生怕她的灵魂被黑白无常牵走。

林月明掐着奶奶的人中，对爸爸说：“爸，你快去诊所请医生。”

林江拔腿就跑，诊所离林家不到五分钟的路程，林江两分钟就冲过去。他一边喘气，一边跟诊所宗大夫说：“大夫，我娘晕倒了，快去。”

宗大夫把诊所开在自己家的临街两间屋里，里屋一间有两张简易床，用来打针、打吊瓶等，外面一间用来接待病人。

宗大夫出身于医学世家，今年不到40岁，但看病很有一套。

“怎么回事?”宗大夫正在里屋给岳金山打针。

“我儿子辞职回家创业，我娘一时生气。”

宗大夫和岳金山从里屋走出来。林江顾不上跟岳金山打招呼，拉着宗大夫就走。宗大夫拿起桌子上的行医包，跟岳金山叮嘱了一句就跟着走了。

“回家创业？小小年纪出什么洋相。哼，准不是什么好事，要不然咋能把老太太气晕。”岳金山说完哼着曲子：“适才扫墓灵隐去，归来风雨忽迷离。百忙中哪有闲情意……”

“东边日出西边雨”，岳金山等着第二天看热闹，可林家人今晚失了魂。

宗大夫进林家院子时，看到林月明抱着林婆婆，林婆婆身上盖着被子，新英在给她喂红糖水。

“大夫，快看看我奶奶。”林月明说着。宗大夫走到林月明身边蹲下，从行医包里拿出手电筒，一只手扒着林婆婆的眼皮，一只手打着手电筒检查。这时潘婷婷给宗大夫递过去一个板凳，示意他坐下。

宗大夫坐下后仔细给林婆婆检查，说：“大娘心脏没事，可能是受了刺激，一时出现低血糖症状。”

宗大夫给林婆婆注射了两支葡萄糖，吩咐道：“把大娘抬到屋里去，我回去拿药，一会儿过来给大娘打吊瓶。”

宗大夫说完就急匆匆地背着行医包回去，林江背着母亲，其他人在后面扶着，大家一起把林婆婆抬进屋里放到

“董事长，林月明之前是我部门的员工，我明后天亲自到他的家乡一趟，说服他的父母，您看怎么样?”制作部经理的这番话立刻得到了董事长的批准，他再三叮嘱什么条件都好商量。

鲲鹏公司的紧急会议结束了，可林家依然灯火通明。

晚上9点，换上第二瓶吊瓶后，林婆婆煞白的脸慢慢有了血色，发紫的嘴唇渐渐红润起来。

林婆婆疲惫地睁开眼，看到林江他们焦急地守在旁边。

“娘，你没事吧?”

“奶奶，你终于醒来了。”

大家看到林婆婆醒来，舒了一口气。

“你真把北京的工作扔了?”林婆婆瞪着林月明。她把希望都寄托在了这个孙子身上，现在她有一种万念俱灰的感觉。

“奶奶，你好好休息，明天我慢慢跟你说。”

“你现在就说吧，我怕我死不瞑目。”林婆婆话虽不多，但噎得林月明够呛。

“奶奶，虽然制作火腿是宗家的手艺，可它也是咱们廿三里镇抗金名将宗泽创造的，是咱们廿三里镇的骄傲。现在这个手艺快失传了，我希望尽自己最大的努力为廿三里镇的手艺做些什么。”林月明感情饱满地说着，可林婆婆完全无法理解他的情怀。

“你回来喂猪，以后还叫我怎么出门?”林婆婆唉声叹

气道。

“奶奶，我希望你能尊重我的意愿，可以吗?”林月明哀求着。

“奶奶，你相信月明，凭他那股认真劲儿，无论干什么，他都能干好的。”潘婷婷帮着林月明说话。

一番安慰、劝说后，林婆婆心里的疙瘩还是没解开，但人老了，精神头没那么大了，晚上11点，林婆婆疲倦地睡去。

“爸妈，你们先休息吧，我在这儿陪着奶奶。”

“你说你好端端的养什么猪啊，唉。”林江说完拉着新英出了堂屋。

“婷婷，你到西里间休息吧，我看吊瓶。”

“我陪你吧。”

晚上12点，林婆婆的四瓶吊瓶打完了，林月明安顿好潘婷婷后，在奶奶房间的地上铺了凉席睡下。

这一晚，很多人都没休息好，除了林家人和远在北京的鲲鹏公司上层，还有在义乌的新贵和杨双燕。

杨双燕可不是好糊弄的，她一看新贵手里的秘方就知道这不是祖传的。

“哼，以后咱爹咱娘有病，你可别让我回去伺候啊。”杨双燕生气地说。

“爹就我和姐姐两个孩子，既然没给我，那肯定在姐姐那儿，怪不得姐姐那么孝顺呢，原来是心虚啊。”

新贵两口子气得一晚上没休息好。

第二天早上5点多，天色蒙蒙亮。廿三里镇林家，林月明怕奶奶知道他打地铺，睡醒后赶紧把铺盖收拾好，坐在椅子上等奶奶醒来。

林江吃过早饭，开着面包车去忙装修队的活儿，新英、林月明和潘婷婷在堂屋东里间陪着林婆婆，给她做思想工作。

"都出去，让我耳根清净清净。"林婆婆不耐烦地撵他们出去。

"你带着婷婷去外公家吧，奶奶这儿我守着。别怪你奶奶，从今天起，我出门也不敢挺直腰板了。"院子里，被轰出来的新英很失望地跟儿子说。

岳金山一般都是下午到鸡鸣山放羊，这天上午9点多，他空着手到老宗家，打着看望老宗的幌子，心里装着一肚子坏水。

林月明搀扶着外公站在猪圈前，外公正在给他传授养猪技术。

"夏天天气太热，容易闹瘟疫，大年爷爷家的猪圈之前就闹过瘟疫，十头猪都在这么点的圈里，传染得可快呢。所以记住一定要每天清洗猪圈，千万别让猪圈臭气熏天。不然不但街坊反感，猪也很容易得瘟疫。猪跟人一样得打针，本来7月就该给猪打针了，我这一住院耽搁了，你到供销社说要预防瘟疫的药，他们就知道了。"外公说完，林月明就出

去买药了。

他出门没走几步，碰到了岳金山。

“呦，这不是廿三里镇的骄傲吗？你这是去哪儿啊？”岳金山笑着露出从未刷过的黄牙，对林月明说。

“金山爷，我去供销社买猪疫苗。”

“听说你打算回家创业，创什么业？用不用我这个糟老头做帮工啊？”岳金山依旧笑着。

“我跟着外公学老手艺，也称不上创业。我先走了啊。”林月明说完快速离开。

“有意思，大学生回家喂猪，哼。”岳金山本来是要去老宗家探听虚实的，既然碰见林月明，该打听的也打听到了，他就满意地转身回去。

这天傍晚，岳金山早早地放羊回家，然后拎着板凳到戏台边乘凉唠家常，他逢人便说：“天大的消息，林月明把北京的好工作扔了，回家跟着祖成哥喂猪呢，林家老太太昨晚都被他气晕了。”

邻里们听完岳金山的话，第一反应都是不可思议，然后便是可惜，但最后大多还是不疼不痒地看笑话。

对于林月明的辞职，有人讽刺，有人惋惜。

制作部经理折腾了两天一夜，终于抵达廿三里镇，找到了林月明的家。

“请问这是林月明的家吗？”经理走进院子，两手拎满了礼品。

林婆婆躺在床上，林江和新英守在一旁。他们听到院子里的声音，隔着窗户看到一个30多岁的人，穿着职业装，很斯文，还带着礼品。

“是的。”林江说着快速起身走到院子里。

“请问你是？”

“我是北京鲲鹏公司的制作部经理。”林江一听是儿子之前公司的经理，立刻热情地迎接他到堂屋。

经理毕竟是见过世面的人，他进屋看到躺在床上的、身体虚弱的林婆婆，立刻猜出了林月明辞职的原因。

“这位是林月明的奶奶吧，看您气色不太好，这些是我们董事长让我买的，有人参、鹿茸，都是上等的补品。”经理说着把礼品放到桌子上。

“啥？这些都很贵的吧，心意领了，你还是拿回去吧。”林江连忙把礼品塞回到经理手里，两个人推辞一番之后，经理硬是把礼物放回到桌子上。

“这些东西都比不上月明这个人才重要。”经理的一句话说到了林婆婆心坎里。

“要是我孙子改变主意去北京上班的话，你们公司还要他吗？”林婆婆一下子精神起来，说完迫不及待地等着经理答复。

“那当然了，要不我怎么会特意从北京赶到你家呢，我来之前没有跟月明说，就是想先听听你们的想法。我们公司

开出的条件是，给他月薪12000元，还有年终奖。”

林江忙活一年也就挣个四五万元，他听到经理的话吃了一惊，连忙和新英请经理坐下。

“我的想法跟你一样，北京多好的工作，唉，我孙子今天又去喂猪了，你说气人不气人。街坊们笑话，以后都没脸出门了。”林婆婆一边说，一边抹着眼泪。

“娘，你别哭了，公司不是派人来了吗？我给月明打电话，叫他们马上回来。”

“他们？请问还有谁吗？”经理问。

“月明的女朋友之前在北京当教师，跟着他辞职回来了。”林江说着掏出手机给林月明打电话。

“我们鲲鹏公司可是个大公司，既然林月明女朋友做过教师，她也可以来我们鲲鹏公司做文职工作。”经理立刻又开了一个条件。

“他们两个人在一个公司上班的话，就太好了。”虽然新英之前答应了儿子的请求，可现在面对婆婆的执着，面对鲲鹏公司对儿子的器重，她还是改变了主意。

十分钟后，林月明和潘婷婷进了家，白天，林月明在猪圈给猪打针，弄得一身脏兮兮的。潘婷婷负责做饭，素面朝天，看上去俨然是个农家女。

进屋后，林月明看到经理也在，很是意外。

“经理，您来怎么也不通知一声，我好去车站接您。”

“月明，你这是何苦呢？”经理拍打着林月明身上的尘

土，十分不解地问着。

“经理，吃饭了没？走，我带您去餐馆吃饭。”

“我来之前吃过了，月明，我刚才和你家人交谈过了，他们并不支持你喂猪，我也是农民出身，农村的风气你是懂的，你就不怕街坊邻居看笑话吗？”经理苦口婆心地劝着。

“月明，这可是公司给你的机会，人家还说让婷婷也到公司上班呢，你俩在一起上班多好。”林婆婆满怀期待地看着孙子，她想着无论如何也要说服月明回北京去。

“月明，明天你就收拾东西回北京，你走了，奶奶的病

就好了，你从小就是懂事孝顺的好孩子，最听长辈的话。再说了，你看公司都开出这么好的条件让你回去……”林江恨不得马上送走儿子，新英也附和着说：“走吧。”

面对公司的高薪和家人的压力，林月明还是很冷静：“我希望我的人生可以按自己的意愿来，我也希望你们能尊重我的选择。”

经理和林家人苦口婆心、轮番上阵地劝说，可四个小时后，还是没能劝动林月明。

此时已到半夜，经理见林月明决意已定，只好连夜离开。林江开着面包车把经理送到义乌火车站，再三抱歉后无奈地送走了经理。

林月明辞职喂猪的事很快在镇上传开了，整个镇子都沸腾起来，邻里们茶余饭后谈得最多的就是林月明。

拾壹

就这样，日子被强行推到既定的轨道之上，有人哭，有人笑，有人笑着坚持，却也偷偷地流泪。

林婆婆的天塌了，她感觉自己后半辈子无望。孙子回家喂猪，让她觉得很丢人。她心里想着，林家辛辛苦苦培养的孙子，最后居然成了个养猪的，若要知道是这般出息，当初念那么多书有啥用！

林月明反倒净心，两耳不闻窗外事，一心扑在喂猪上。第二天，他搀扶着外公到鸡鸣山割草。

“8月正值夏季，天气燥热，对生猪来说，是疾病多发的季节。如果夏季多给生猪喂些野草，就能让生猪生长得更有劲头。草可大有讲究，猪不像羊那样，漫山遍野的草和树叶都能吃。”宗祖成指着周围的草跟林月明讲。

“外公，小时候经常跟着你来割草，我还以为满地的草猪都能吃呢。”

“那可不是，我住院的时候，你爹买饲料喂猪，我回来一看猪的长势就知道猪在那段日子没吃过草。”老宗有些神气。

“当然了，你是喂猪科学家嘛。”

炙热的太阳爬到了山顶，爷孙俩在山坡上坐了下来。月明侧目看着外公，这位朴实的老人承载着小镇人最可贵的品质。这些年，镇上有出息、有梦想的人一个个走出镇子，带着小镇人传承的品质在外打拼，于是浙商、温商扬名海外。但是那些留下的人，同样坚守着、挖掘着、传承着老一辈人

未完成的信念。走出去的月明，对家乡有着无比的眷恋，他相信，农村必将是中国青年发展的沃土。

林月明静思着，外公望着草地发呆，祖孙俩都不说话，但内心都流淌着千言万语。林月明知道，外公还是有着老一辈人的传统思想，总想着让孙子来继承宗家的手艺。但月明不这样想，技艺就是技艺，中国有多少流失的技艺都是受限于传承本家的固有思想，最后，技艺没人学，老手艺人也悄然离开人世，那并不仅仅是一个家族的损失，而且是一个国家的损失。

外公在草丛中翻找着，突然拔了一棵草拿在手里。月明从小跟着外公在山上玩，对这种草很熟悉。

外公把草拿到他的眼前，低声说："腌制火腿的过程中，会产生一种霉菌，这种菌如果不消除，会让人得上一种怪病，发病后腹部变大，严重的话，后果不堪设想。而这种病是潜在的，我父亲曾经告诉过我，老一辈人在腌制火腿的时候，手指头的缝里，总是会出现米粒大小的疹子，如果不管，半月有余就自愈。后来，经过大家考证，机野草能治愈疹子，也能治愈怪病，所以先祖们将机野草采回来，煮熟，把原汁挤压出来，涂在火腿上，我制作火腿时用的五个小瓶子里，就有一瓶是这种草的原汁。"

月明拿着机野草想：原来，秘方中提到的"香料入食，切莫生入，盐匀包裹，无病无痛"，说的就是这种草。

老宗滔滔不绝地讲述着秘制技艺，他将毕生的经验毫无保留地教给林月明……

林月明跟着宗祖成割草，边学理论边实践。

祖孙俩的笑声回荡在整座鸡鸣山。

割草回来后，林月明和潘婷婷坐在宗家院子里切草喂猪。

林月明在家喂猪并没有收入，而且因为外公住院的事，他不仅把自己攒的钱都花了，还借了3000元外债，高欢、杨天宇和刘健在得知林月明的处境后并不理解，但他们不会催债。

虽然老宗出院了，但他每天都得靠药物维持。林月明当时在医院为了能留下来养猪、做火腿，拍着胸脯答应了舅舅的那些条件，可现在他过得日渐拮据。

潘婷婷在学校实习的时候一个月才1500元收入，除了平日里的开支，她还要时不时地给弟弟潘超塞钱。8月末，她的口袋也空了。

林月明和潘婷婷背着背篓去鸡鸣山割草，背篓里放着割草用的镰刀。从外公家到鸡鸣山的路上，他们碰到邻里就热情地打招呼。邻里们可倒好，当面笑着打招呼，背后就喊他们“猪公”“猪婆”。

这也不能怪邻居们，林月明和潘婷婷两个高才生，干起活来那接地气儿的样子真可称得上“猪公”“猪婆”。

“婷婷，乌猪到年底才卖呢，我在想现在要不要干点什

么副业，这样生活也不至于很辛苦。”林月明一边割草，一边思考着。

“嘀铃铃”，潘婷婷的手机响了，是弟弟潘超打来的。

“超，怎么了？”

回义乌前，林月明偷偷塞给潘超500块钱，让潘超在北京好好玩，而且把租房的1500元押金条交给了他，让他玩够了，走时把押金拿去花。潘超把林月明当摇钱树，自从认识了林月明就花钱跟流水似的，每次在网吧打游戏，都是一百元一百元地充上网费，游戏点卡也是一百元一百元地充。

“姐，能不能给我卡里打点钱啊？”电话那端传来潘超笑嘻嘻的声音。

“房租押金1500块呢，现在才开学第一天，你就花完了？”潘婷婷有些生气。

“姐，你现在在义乌，我可是跟咱爸妈说你在北京混呢。”

潘婷婷望着林月明，不知所措，林月明接过手机跟潘超说：“潘超，你的卡是哪个银行的？卡号多少？我明天给你打吧，今天有事走不开。”

“没事，明天就明天吧，还是姐夫比较好说话。”潘超问候了几句，便挂了电话。

“可咱们已经没有钱了。”潘婷婷生自己弟弟的气，可又拿弟弟没办法。

“婷婷，就算潘超不借钱，我们日常还是要花销的，你和我都有电脑，我们白天喂猪，晚上可以挣钱贴补家用。”林月明的脑子就是不一般。

“可干什么呢？”潘婷婷一脸茫然。

“我在家制作动漫剧，通过网络发给鲲鹏公司，不就可以了吗？”

说干就干，他掏出手机，立刻给公司制作部经理打了电话，对于林月明的想法，公司求之不得，管他是在地球还是在月球，能完成公司的任务就行。

“经理，你说的那部动漫剧，我月底可以完成传给你，你能不能先给我一半订金？”

经理很爽快地答应了林月明，不到半个小时，林月明的卡上多了2000块钱。他俩快速地割了满满两篓筐的野草，向外公家走去。

一进外公家，林月明就放下背篓，转身走出院子，到镇上的24小时自动存取款机给潘超打了1000块钱，又到药店给外公买了些药。

林月明每天白天喂猪、清洗猪圈，晚上回到家对着电脑忙兼职。

林月明和父母住在东陪房，林月明在靠南一间，父母在靠北一间，中间有个厅堂。此时，林月明在自己房间敲着键盘制作动漫剧。

“月明，你这是何必呢？”妈妈站在身边叹息道。

“妈，你先休息吧，年轻人吃点苦怕什么？”林月明赔着

笑把妈妈哄走，关上门后就是一个长长的哈欠。

林月明回家后的这一个月，林婆婆经常把自己闷在屋里，林月明和潘婷婷白天到外公家，新英便留下来陪婆婆聊天，解她心里的疙瘩。

日子在忙忙碌碌中过去了，跟往年一样到了宰杀乌猪的时节。可是整个廿三里镇只有老宗家喂猪，会杀猪的老一辈"走"的"走"，病的病。

林月明联系了猪肉贩子，可杀猪的人愣是找不到。镇上的青壮年中没人会杀猪，年长一点的都不愿意帮忙。如果林月明还在北京上班，他回家跟街坊们说一句，来帮忙的准能围满整个宗家院子，可现在他不过是个喂猪的，帮他的忙也沾不了光。人呐，就是太现实、太势利。可再拖时间就会耽误腌制火腿。

十月初十的傍晚，林月明厚着脸皮到邻居大河家。

"月明，有啥事?"大河问。

"大河舅，远亲不如近邻，外甥求你帮忙了。"

"看你说的，太见外了，有啥事你就说吧。"

"明天能不能请你帮忙杀猪?"林月明说话有些腼腆。

"行，没问题，不过我没杀过猪，出洋相了，你别笑啊。"

林月明跟大河聊了一会儿便告辞了，总算找到一个了，他回到自己家又跟爸爸说了难处。

林江虽然不支持他喂猪，可到了宰杀时节，亲爹不帮忙谁帮忙？林江又叫了装修队的山子和海涛两个小伙子一起帮忙。

十月十一这天一大早，林月明和潘婷婷到小卖部买了纸元宝、香火和点心去外公家，外公把点心摆盘放在厅堂中间的宗泽像前，又点了三炷香插到香炉里，他跪在宗泽像前虔诚祈祷道：“宗家祖宗宗泽保佑今天杀猪平安。”

老宗说完使劲地磕了三个响头，然后对身边的林月明说：“跪下给宗家祖宗磕个头，祈祷咱们今天杀猪顺利。”

林月明学着外公的模样给宗泽将军磕了三个头，他磕头并不是迷信什么神灵保佑，而是出于对宗泽将军的崇拜。接着，林月明的外婆站在宗泽像前祈祷平安，毕恭毕敬地鞠了三个躬。

老宗把买来的纸元宝倒在堂屋门口正对着宗泽像的位置，掏出打火机点燃了纸元宝后又是一阵祈祷。

不到8点，大河、山子和海涛前后脚进了宗家，他们和林家父子都穿上皮革做的围裙，院子中间放着大铁盆、长板凳等工具。老宗站在堂屋门口，指挥着大家先关上院子大门，然后打开猪圈的门。十头乌猪哼哼着争先恐后地跑出来，把几个年轻人吓了一跳。

老宗扯着嗓子喊：“靠近西南角那头猪，上。”其他五个人围着那头目标猪围过去，猪哼哼着挣扎了几下就被林月明用绳子捆住。

“杀猪。”老宗冲林月明比画着动作，林月明学外公的模样拿着杀猪刀，顺着猪的脖子快速地“咔嚓”一声砍下去，砍断了猪脖子上的动脉血管，同时林江快速地把大铁盆放到猪脖子下方，瞬间猪血从动脉血管流出来，流到大铁盆子里。等血放得差不多了，林江把大铁盆端到一边，其他几个人有的按住猪，有的用绳子分别捆住猪的两条前腿和两条后腿，把猪放到烧开的水里烫猪毛。等猪毛烫得差不多了，老宗开始教林月明拿刮刀刮猪毛，林月明刮得猪皮像一幅地图一样，到处留着猪毛。不过他不气馁，哪里没刮干净就使劲刮哪里。虽然林月明用的时间比较长，但也看得出他无论做什么事都非常认真。等刮完了猪毛，老宗又开始教林月明如何取内脏、砍猪头，并再三叮嘱林月明记得把砍掉的猪头清洗干净，然后拿到厅堂里宗泽像前摆放好以示祭拜。

往年，老宗和宗新生他们五个专业屠夫杀一头猪，一个小时就搞定，而这次由于都是新手，杀一头猪愣是用了一上午的时间，不过好在这些新手终于知道怎么杀猪了。

中午12点，新英和婷婷把做好的饭菜端到堂屋的厅堂，大家围在一起吃。

“外公、外婆，你们多吃点。”林月明说着夹了两筷子菜分别放到他们碗里。

“爸、妈、大河舅、山子哥、海涛哥，下午还得辛苦你们呢，多吃点。”林月明招呼着桌上的每一个人。

有了经验，接下来就不这么手忙脚乱了，大家吃饱喝足

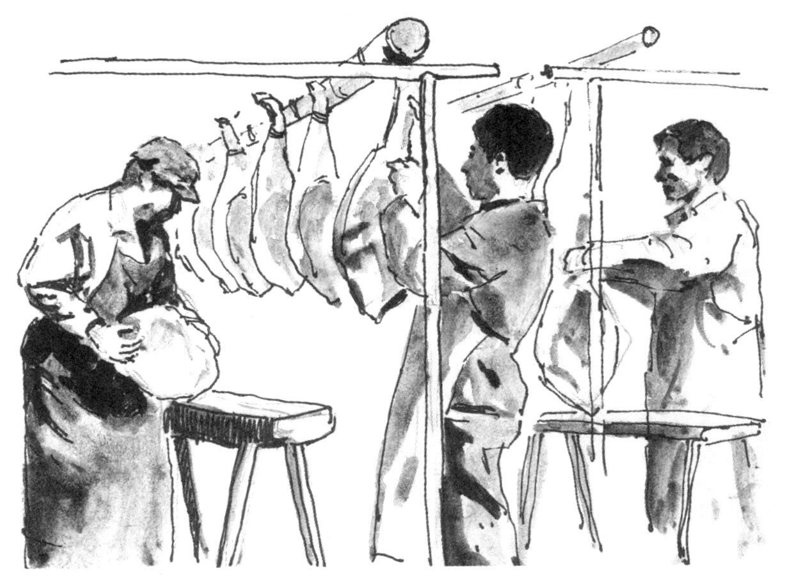

后按着上午的分工又开始忙活起来。

杀第二头猪用了两个小时，杀第三头、第四头猪用的时间越来越短。下午6点，林月明给前不久在网上联系的猪肉贩子梁文斌打电话，不一会儿，梁文斌就开着小货车到了宗家门口。

“不是说好杀十头猪的吗？”梁文斌看着院子里一堆前腿、一堆猪后臀、一堆排骨，皱着眉头。

“大家头一回杀猪，没什么经验，明天把剩下的猪杀了，你再来。”林月明赔着笑。

梁文斌觉得多跑一趟又耽误事，可来都来了，他按市场价收了四头猪的肉，当然按老规矩，宗家是不卖猪后腿的。

梁文斌付了钱，开着车走了，林月明把钱给了外公。

“外公，这些钱你拿着买药。”

老宗眼里含着泪水，林江看到这一幕，为自己有个善良的儿子而感到欣慰，同时也心疼这个太过善良的儿子。

大河自出生后就与老宗是邻居，他在这30多年里目睹了宗家的一切，对林月明着实佩服得五体投地。

“月明，明天上午大河舅还来帮你杀猪。”

大河的话让林月明心里涌上一股暖流，在回到家乡的这几个月里，他受尽了人情冷暖，好在现在廿三里镇终于有人能理解自己了。

第二天上午，宗家院子里依然是昨天的场景、昨天的人，但不同的是，大家配合得更默契，杀猪的速度更快了。

下午3点，梁文斌开着他的小货车，收走了猪肉。十头猪全部被杀了，除了留下一些自己吃和送人外，宗家卖了1万多块钱。这些钱起码够外公和外婆用半年。但林月明的兼职生涯依然没有结束，他还欠着大学舍友3000块钱，而潘婷婷时时刻刻候着弟弟打电话要钱。

杀猪后，林月明跟着外公学习腌制火腿。潘婷婷不仅在一旁打下手，还如往常一样负责宗家老两口以及她和林月明的午餐。

跟着外公腌制火腿的时候，林月明脑袋里想到了今年5月国家颁布的一项重要政策。也就是2006年5月20日，国务院在中央政府门户网上发出通知，批准文化部确定并公布第一批国家级非物质文化遗产名录，名录中传统手工技艺里有浙江省绍兴市的绍兴黄酒酿制技艺，北京市崇文区的景泰蓝制作技艺，贵州省雷山县、湖南省凤凰县的苗族银饰锻制技艺，福建省德化县的德化瓷烧制技艺，江西省景德镇市的景德镇手工制瓷技艺，云南省大理市的白族扎染技艺等。为了保护这些老手艺，但凡被列入非物质文化遗产名录的项目，其项目传承人都能得到国家的补助。金华的火腿腌制技术也是老祖宗一代一代传下来的，凝结着先人的智慧和勤劳，不也是老祖宗留给后人的遗产吗？

新贵从来不关心国家大事，更不用说这么伟大的情怀，如果他知道金华火腿能被列入非物质文化遗产名录，他关心的应该是国家能补助多少钱。

“外公，绍兴黄酒你知道怎么制作的吗？”宗家院子里，林月明一边跟外公学腌制火腿，一边跟外公攀谈。

“我怎么可能知道呢？那是人家一代一代传下来的。”

“那个绍兴黄酒酿制技艺现在已经是国家级非物质文化遗产了。”

“啥意思？”老宗有些疑惑地问。

“就是国家开始重视这些老手艺了，要对老手艺进行保护了。”林月明通俗地解释着。

“怎么保护？”老宗一听国家要保护老手艺了，便打起精神问。

“国家出台相应保护政策，给钱补助。”

老宗听到给钱补助时，脸上掠过一丝喜悦，不过马上，他的表情就僵住了，他不知道这意外之财会意味着什么。

“外公，你担心舅舅吧。”

“别瞎说！明天我们就去镇政府问问看。”

林月明晚上回到家吃过饭就一头扎进电脑里，他开始查阅相关的资料。

“自己辞职不就是想力所能及地保护火腿制作技艺吗？自己将宗泽将军与金华火腿融进作品里，不就是想宣传这些古老的手艺吗？”他边想，边查阅着相关资料。

什么是非物质文化遗产？如何认定？范围是什么？如何申报？它的重要意义是什么？

林月明对着电脑屏越查越兴奋，他拿起笔记下重要的资料，比如如何申请等。

第二天上午，林月明搀扶着外公到镇非物质文化遗产保护中心申请，把资料按要求递了过去，后续的事就是由保护中心逐级上报到省级，等国家的通知。

“希望咱们的老手艺也能成为国宝啊。”老宗一路走着，一路念叨着。

12月，将腌制好的火腿挂在小屋里后，林月明和潘婷婷就闲下来了。在这短短的几个月里，林月明从一个养猪“小白”蜕变成了养猪能手，而且腌制火腿的技术也学得差不多了。这段时间里，他一心扑在乌猪上，忽略了太多的事情，比如他的奶奶。

这些日子以来，林婆婆很少出门，她心里还是接受不了孙子回家养猪这件事，尤其是岳金山在镇上到处夸大其词地讽刺宗家和林家。

拾贰

农历十一月，廿三里镇变得阴冷，林婆婆整天躺在床上。

林月明和潘婷婷到超市买了许多营养品，随后走进奶奶的屋里。

“奶奶，喝点牛奶吧。”

“拿去给你外公外婆喝吧。”林婆婆的话显然带着不满。

林月明把牛奶倒到杯子里，用热水温热后端到奶奶床头的桌子上。

“奶奶，喝点吧，前阵子一直忙，住在你家几个月也没能好好照顾你。”潘婷婷有些抱歉地说。

“姑娘，奶奶不怪你，怪我没管好孙子。”

这个冬天，林月明是自己家和外公家两头跑，忙着照顾奶奶和外公、外婆。

转眼进入农历十二月，学校通常腊月十五左右放寒假，潘婷婷一直跟家人说自己在北京上班，所以她计划腊月十六就回家过年，年后再假装去北京上班，转而再来林月明家。

对老人来说，南方小镇的冬天似乎很漫长。老宗的身体明显不如从前，整个冬天，他都和老伴儿躲在屋里，很少出来走动。老伴儿的腿因为三年前摔伤过，伸屈一下都扎心的疼。更让老两口疼痛的是，自从老宗出院后，新贵就没回来过，包括八月十五中秋节、九月初九重阳节这些日子。

老宗心想：“大概是新贵觉得我给了他假的秘方吧。”

腊月十五这天下午，潘婷婷来到宗家看望两位老人并做

告别。

“姑娘，月明能认识你这么好的女孩子，外婆真替他高兴。”外婆拉着潘婷婷的手，生怕来年潘婷婷不来了，或者更担心自己已不在人世。

外婆的担忧也不是没有道理的，毕竟谁也无法预料明天和意外哪个先来。

“外婆，我明年正月就过来了。”潘婷婷安慰着。

出门前，奶奶特意交代林月明晚上回家吃饭，冬天昼短夜长，下午5点钟天色已渐黑，林月明跟潘婷婷给外公外婆做好饭后离开。

老宗和老伴儿互相搀扶着，硬将林月明和潘婷婷送到门口。在经历离别的漫长道路上，我们渐渐明白，所谓亲人一场，只不过意味着，你和他的缘分就是今生今世不断地在目送他的背影渐行渐远。你站在小路的这一端，看着他逐渐消失在小路转弯的地方，而且，他用背影告诉你：不必追。

直到看不见背影，老宗和老伴儿才相互搀扶着转身到厨房吃饭。

这天半夜突然刮起一阵狂风，这阵风一下子卷走了几摄氏度，廿三里镇这几十年来最低温度不过5摄氏度，然而今夜温度瞬间降到冰冻节点。

林婆婆的屋里传出阵阵咳嗽声，这咳嗽声越来越大。

潘婷婷穿上衣服，跑到林婆婆屋里打开灯，不一会儿，敲门声响起。

门外，林江夫妇和林月明各自披着外套，哆哆嗦嗦地站着，急切地等开门，他们的鼻尖冻得发红，发丝上也凝了霜。

潘婷婷打开堂屋的门，林江一家人进来走到林婆婆床边，这时林婆婆被冻醒，不停地咳嗽，脸色苍白。

有的倒热水，有的把被子掖紧，有的快速打开暖风扇。

林婆婆的身子暖和了，脸色渐渐恢复正常。

“你们都回去睡吧，我没事。”林婆婆有些费劲地说。

“娘，我给你煮碗挂面汤去。”新英说着走出屋子，去了厨房。

她打开煤气灶烧了一大锅水，水半开时打了三个荷包蛋，待水沸腾后煮了三人食用量的挂面。

天寒地冻，哪个老人都扛不住这子夜的冷风。

老宗和老伴儿先后被冻醒，他们脸色苍白，喘着不均匀的气。

靠墙躺的老宗打开了屋子的灯，他觉得身子有些不舒服，伸直胳膊，硬撑着一口气向前缓缓移动。桌子上放着他平时吃的药。

“他爹，我起来给你倒水吧。”老伴儿的语气微弱，毕竟上岁数了，心有余而力不足。

没等老伴儿穿好衣服，突然“当”的一声，宗祖成头朝下，种萝卜一样栽倒在地，那可是硬邦邦的水泥地面，老宗一下子就晕了过去。

“他爹，他爹。”老伴儿穿着秋衣秋裤，直接从被窝里出来，这时也顾不上冷不冷，她拿起电话给女儿打了过去。

林家那边，林月明刚拿起电话还没说话，那端的外婆就慌张地喊着：“英子，快来，你爹晕倒了。”

“外婆，我妈刚才就去你家了，我也马上过去。”

“嘟嘟嘟……”林月明挂了电话。

老宗栽到地上，一动不动。老伴儿本来就腿疼，她还硬撑着扶老宗，可就算她使出全身力气，老宗仍是一动不动。

林江在家照顾母亲，林月明拉着潘婷婷往外公家跑。当他们跑到外公家门口时，新英正拎着饭盒，借着腊月十五的月光掏钥匙开门。

“妈，外公晕倒了。”背后传来儿子喘着粗气的声音，新英回头看到儿子和潘婷婷焦急的表情，连忙拿着钥匙对着门锁一阵乱拧。

林月明快速地抢过妈妈手里的钥匙，打开门。“外公，外婆。”林月明边喊，边跑到堂屋门口猛地拍门。

“来了。”应声后，外婆挪着酸痛的腿，艰难地走到门口打开门。

“你外公……”

还没等外婆说完，林月明就冲到里屋。新英把饭盒放到桌子上，里面是煮好的挂面和两个荷包蛋。

他们把外公抱到床上平躺下，老宗的呼吸越来越微弱。

“妈，你给舅舅打电话，万一有什么闪失怎么办？再说外公夏天才做的手术。我去找大河舅帮忙开车。”林月明说着就往外跑。

“哦。”新英给新贵打了电话，新贵听到消息后说马上开车到义乌市人民医院门口等。

十分钟后，大河开着他的面包车载着老宗、宗医生、林月明和潘婷婷，前往义乌市人民医院。

宗医生给老宗戴上氧气罩，并且做了各种急救措施来维持老宗的呼吸。

新英留在娘家照顾母亲，林江这一夜照顾他自己的母亲。

半夜，马路上的车辆很少，大河开着车一路冲到义乌市人民医院，此时新贵已经在门口等候。可不幸的是，老宗被送到手术室没几分钟就抢救无效去世了。

按照当地的习俗，人死后在家里停留五天便入土为安。

老宗凌晨1点去世，腊月十六是停丧的第一天。

“万一外婆知道了怎么办？”林月明担心地问。

“这事能瞒得住吗？总不能让你外公的尸体一直停在医院太平间吧。”新贵无奈地说。

新贵他们连夜把老宗的尸体拉到老家，在厅堂的中间临时摆放了一张折叠床，老宗的尸体就躺在床上。

躺在里屋的英子娘隔着门缝看到大家把老宗的尸体抬进来，她立刻晕了过去，好在宗医生在，连忙掐她的人中，并给她打了两瓶葡萄糖。不一会儿，英子娘虚弱地睁开了眼，

眼神游离在屋子里，眼角流着泪。

“娘，想哭就哭吧。”新英安慰着母亲，忍着没让自己哭出来。

“不是说好能活三年的吗？”母亲问着天地。老夫老妻半辈子，她嫁到宗家后凡事都听老宗的，老宗人实在，凡事也站在老伴儿的立场上考虑。自从儿子一家搬到义乌市后，他们就互相依靠着在这个院子里生活。突然老宗“走”了，她的心空了，灵魂也跟着走了。

“树欲静而风不止，子欲养而亲不待。”老宗的尸体躺在新贵面前，他有些后悔这半年来因为秘方的事对父母不闻不问。

这一夜很冷也很漫长。新英给丈夫打电话通知了父亲去世的消息。

林江略带伤感，但立刻收起了表情，坐在母亲房间里的他希望这一夜母亲能睡得好些。

“大家节哀，我先回去了，有事通知。”此刻已是凌晨3点，宗医生说完背着医药包回去，大河安慰了大家后也离开。

宗家人沉浸在一片悲痛中，谁也无暇顾及他人之伤。

英子娘终究是年龄大了，经不起折腾，凌晨4点，她终于支撑不住，睡过去了，潘婷婷坐在里屋陪着。

新英姐弟、林月明坐在厅堂为老宗守孝，谁也不想说话。早上7点，天色蒙蒙亮，镇上的邻里们陆陆续续来宗家吊唁。镇上的婚丧都是由威望颇高的杨大爷主持，杨大爷60多岁，是镇上退休的干部，有文化、品行好，相比同龄人，他的身体还算硬朗，清早7点半得知宗祖成去世的消息后，他立刻披着厚外套到了宗家。

随着来吊唁的人越来越多，潘婷婷越发觉得自己的身份格外尴尬。按习俗，她是林月明的女朋友，而林月明是宗家的亲戚。

“月明，我得走了，虽然外公去世我也很难过，但毕竟……”潘婷婷停顿了。

“婷婷，我把你送到车站，你自己走可以吗？”虽然心里万般不舍女友离去，但目前确实不适合留下婷婷，他只能先送她回去。外孙第三天才戴孝，所以在老宗去世第一天，林月明是可以随便走动的。

潘婷婷跟躺在床上的外婆告别。

另一边，林婆婆让林江给新英打电话，把新英叫回来。

新英在宗家守孝，林江跟母亲说了老宗的事。

林婆婆听到亲家老宗去世的消息后，眼眶湿了，虽然平日里看不惯儿子当牛做马地照顾亲家公，可大体上两家相处得还是可以的，她的眼泪为亲家而流，也带着自己对生死的恐惧和无奈。

“娘，人死不能复生，你就别难过了。”林江停了装修队的活儿，守在母亲身边安慰着。

“人上了年纪，都要‘走’的。”林婆婆叹息着。

“奶奶。”林月明和潘婷婷尽力掩饰着悲伤走进来。

“你怎么不在外公家?”

“奶奶，我今天要回老家了。”潘婷婷说。

“你过了年一定来啊，姑娘。”林婆婆用尽最大力气握着潘婷婷的手，表达着她的不舍。

“奶奶，你注意身体。我坐下午的火车，我先到车站坐公交车去市里。”潘婷婷接着跟林江告了别，离开了林家。

潘婷婷跟宗家和林家人告别时并没有明确说第二年她是否还会来，或许她自己也不确定。

“多好的姑娘。”林婆婆向门口张望着，虽然已经看不见潘婷婷了，但她的眼神还停留在门口。

林月明拉着潘婷婷的行李箱，把她送到镇公交站等公交车。

林月明掏出一张银行卡，放到潘婷婷的衣服口袋里。

“这是5000块钱，你和父母说在北京工作，半年了总该挣些钱回去的。”

潘婷婷从口袋里掏出那张银行卡，放到林月明手里，说:“月明，我不能要你的钱，我会自己想办法的。”

潘婷婷果断拒绝了林月明的钱。

“本来过年我应该陪你回老家，可……”林月明语气悲伤。

“你回去吧，你外公那边万一需要钱呢。”潘婷婷劝着。

“你拿着吧，就当我给叔叔、阿姨、奶奶还有潘超买礼物了。”林月明说着又准备把卡塞到潘婷婷口袋里，但潘婷婷很坚决，林月明只好收回。

公交车缓缓开过来，林月明送潘婷婷上车，直到公交车开走很远很远，他才转身回去。

这天正值大学放假，宗俊坐在从北京回义乌的火车上，他在火车上接到爸爸新贵的电话，得知了爷爷去世的事。宗俊平时并不关心爷爷，听到爷爷去世的消息，他皱起了眉头。

读高三的宗鹏课程紧得很。杨双燕接到新贵的电话，得知公公去世后，冷不丁地说了句：“鹏还上课呢，我回老家了，谁管鹏啊？”

“爹没把秘方给咱们，我也很生气，可你不回来，邻居们都看着呢，咱落个不孝的名，怕将来俩孩子结婚受影响啊。”新贵这时脑子倒是开窍得很。

为了儿子，杨双燕磨磨叽叽地坐公交车回了廿三里镇老家。

宗俊腊月十七到了义乌的家，把行李放下后，也坐公交车回了廿三里镇。

宗鹏请了两天假，就是爷爷老宗丧事的第四天和入土的第五天。

办丧的第一天，宗家孝子们披麻戴孝地接待前来吊唁的街坊邻里。杨大爷主持丧礼，他把宗家姐弟和宗家家族有代

表性的几个人叫在一起，商量着宗祖成的丧事事宜。

“新英，祖成哥就你一个闺女，你也没有姐妹可以商量，你说请不请戏班子？现在的价是唱三天2500块钱。”按当地的习俗，父母的丧礼，出嫁的女儿不用出钱，但可以自愿送台戏。

“我爹虽然不是大官、大老板，可他一个农民累死累活养着一大家子人，忙活了一辈子，临走了，我送台戏。”新英说着眼泪又下来了。

“新英，节哀，祖成哥活着的时候，你没少为娘家操心。”杨大爷紧接着问新贵：“丧事可大办可小办，根据自己的经济条件来。烟买几块钱一包的？酒买多少钱一瓶的？招

待亲戚的席是几道菜？成本控制在多少？”

“就按一般的来吧。大叔，你经常主持，你说大概需要多少钱，我今天就准备。”新贵毕恭毕敬地回复杨大爷。

“你们一家搬到城里十几年，家里的事情有点不清楚。宗家在咱们镇是大户，本家族的人不少，这五天本家族的人都过来吃饭，男的来，自然少不了抽烟、喝酒。第二天嫂子的娘家人过来，第三天祖成哥这辈嫁出去的老姐妹过来，亲戚过来都是十道菜，烟酒自然少不了。炊事这边，邻里帮忙，每人一块毛巾、一条烟。抬棺材到田间坟头，这一路需要八个大汉，每个大汉100元。按以往的算，这次办事差不多需要3万块钱。”杨大爷不紧不慢地合计着。

新贵眉头一皱，说：“什么？3万块钱？”他眼珠一转，动起了歪主意。

“大叔，情况是这样的，我家有个代代相传的秘方，我爹竟然给了我假的，还把手艺传给了外孙……”但没等他说完，杨大爷的手就猛地拍在了桌子上。

“你这个畜生，嘴里咋能说出这样的话？你爹的手艺是你不学，月明为了宗家，连北京的工作都扔了，你爹办丧事让别人掏钱，你害臊不害臊？”

杨大爷站起来，劈头盖脸地打新贵，屋里宗家家族的人听了新贵的话，都坐着不动看杨大爷打新贵。

新贵捂着头求饶：“我拿钱，我拿钱。”

杨大爷消了气，停手坐下来。

“宗家办事，我这个出嫁的闺女按理说不该插嘴，只听吩咐就行了，可你做事得寸进尺了吧，咱娘还在呢，你六亲不认的。”新英忍不住训着新贵。

“我去取钱。”新贵说完到银行去取钱了。

在杨大爷和宗家族人的主持下，老宗的丧礼没出什么岔子，腊月二十中午，宗家祖坟区多了一个新坟头。

这天晚上，宗家的堂屋里，一家人围着躺在床上、悲伤万分的英子娘。老宗撞晕那晚，英子娘穿着秋裤站在零摄氏度的屋子里。现在她双腿抽搐，躺在床上都疼得难以忍受，地更是下不了了。

“咱娘往后怎么办？我们是一人一个月轮着管，还是怎么样？”新英问。

新英其实就没指望新贵照顾母亲，只是怕新贵日后得了便宜还卖乖，说自己本来想照顾，是姐姐不让。

老宗在时，秘方是他的心结。现在老宗“走”了，秘方又成了新贵和杨双燕的心结。

“娘，姐，我和新贵起早贪黑开的水站被查封了，现在这个水站可是抵押了房子才办的，两个孩子要上学，同行竞争又大，唉，天天压得我喘不过气啊。”杨双燕皱紧眉头，显出十分忧愁的样子。

这愁不过是表面的，在她心里，秘方至少能卖几十万元呢，姐姐新英就算给公公拿住院费，可还是赚大发了。

“人上了年纪就麻烦，还给你们找麻烦，谁家我也不住，再说快过年了。”母亲这番话说得多凄凉。

“娘，你住我家吧，省得我两头跑了，照顾婆婆一个人也是照顾，照顾你和婆婆两个人也是照顾，我就不指望他们了，还不够气得慌呢。”

“姐，那娘就麻烦你了。”杨双燕顺水推舟地说。

“我又不是没儿子，住到女婿家，还在一个镇上，这不明摆着让邻里笑话儿子不孝顺吗？再过几年，俊就该娶媳妇了，让女方家打听了就不好了。”母亲说话的声音微弱，有些断断续续，可怜天下父母心，尽管儿子不孝顺，可母亲还是维护着儿子的名声。

“娘，你想住咱家，那就得麻烦姐两头跑了。”杨双燕不疼不痒地说着。

家庭会议僵持了半个小时，母亲坚持住在自己家，新贵不表态，新英只好再一次妥协两边跑。林江看丈母娘的身体这样，也活不了多久了，便没有阻拦老婆尽孝。

临近新年，水站很忙，既然母亲的事定了，新贵一家便连夜开车回了义乌市，新贵临走时还不忘拿走办丧事剩下的东西，塞得面包车满满的。

心情舒畅，能活个大岁数，可英子娘自从老宗“走”后一直心情很压抑。新英和林月明两边跑，换着班地照顾两位老人，生怕哪边老人照顾得不周到。

春节快到了，新英生怕母亲或者婆婆有什么闪失。她回娘家和母亲一个屋子住；林婆婆那边，月明住在堂屋西里

间，也就是潘婷婷在林家住的房间，他和奶奶的屋子只隔了一个三米宽的厅堂。

新英担心的事还是发生了，腊月二十九半夜，新英听不到母亲的呼吸声后连忙开灯，可母亲已没了呼吸，身体渐渐冷去。

新英立刻通知了新贵，新贵和杨双燕连夜赶回老家。他们心里打着另一个算盘呢，母亲“走”了，姐姐会不会把家翻一遍，找找有没有什么值钱的。

新贵赶到家时已是腊月三十的凌晨3点，第二天就是大年初一了。按习俗，死人是不能停在家里过年的，而且不能白天下葬。

新贵踏着黑洞洞的夜，出门通知家族里几个强壮的弟兄，他们打着手电筒到宗家祖坟区挖了坑，然后又回家用母亲的床板简单地做了一口棺材，把母亲放进去。新贵和这几个弟兄抬着棺材，趁着天还未亮，匆匆地把母亲埋进了坑里，坑被一铁锹一铁锹的土填平，继而又添土堆了个坟头。

天渐渐亮了，宗家的大门上又贴了一张白纸，姐弟又聚在厅堂商量后事。

“之前咱爹卖猪的钱去哪儿了?”新贵故意看着新英问。

杨双燕关心的还是那个秘方，说：“姐，娘在，家在，现在咱爹娘都不在了，我也说几句，你一个嫁出去的闺女拿着宗家代代传下来的秘方，不太好吧。”

新英和林江两口子听了他们的话，气得肺都快炸了，新英猛地一拍桌子，发火道："照你们这么说，咱爹娘每天都喝西北风了？爹娘在，我忍着你们，现在爹娘都'走'了，况且你们也没尽孝，我还怕你们干什么？"

"姐，我只是问问，看你发那么大火干什么？气的不还是自己的身子骨？"杨双燕嘲讽着。

"都是吃五谷杂粮活着，谁都有生老病死。你做媳妇的不管公婆，就不怕你将来的儿媳妇学你吗？"母亲的死让新英十分难过，她顾不得别人那么多了，一肚子委屈像泄了闸的洪水汹涌而来。

"你也知道我是宗家的媳妇？那为什么秘方没传给我？"杨双燕也憋了一肚子的火，大声吼出来。

"姐，虽然咱爹娘死了，可三年后我是要给他们办三年祭的，你现在这么凶，那办三年祭的时候干脆就不通知你了。"新贵不甘示弱地威胁着。

为了纪念死去的亲人，中国历来就有大办周年的习俗。三年祭当天看热闹的人多，如果新英不能参加父母的三年祭，嘴长在别人脸上，没准哪个人会说出什么不中听的话。况且万一儿子林月明跟潘婷婷分手了，新英没参加父母的三年祭的话，传出去必定影响儿子的婚事。

"你们家的事，我不管了。"一边是怕老婆为难，一边是没人性的小舅子，林江夹在中间真不好受，他甩下一句话走了。

新贵两口子把宗家翻了个底朝天，也没找到什么值钱的

东西，秘方那个结还是堵在心里，可他们也没证据证明秘方在姐姐新英或者外甥林月明手上。

现在老人留下的就剩房子了，宗家的这个院子和两亩地归了新贵。

房子闲着也是闲着，不如利用起来，新贵把院子里的林月明叫进屋子。

“月明，你扔了工作想喂猪，不如外公的院子你先用着，如果回你家喂猪，你奶奶会不高兴的。”新贵说。

“舅舅，谢谢你照顾。”一个月连失两位亲人，林月明面无表情地谢过“画风”突变的舅舅。

“你若是新盖猪圈，最起码得占两亩地，盖三间房，怎么也得万把块钱，毕竟你是我亲外甥，外公家你随便用，每年2000元租金，你看怎么样?”新贵露出狐狸尾巴。

如新贵所料，林月明手里并没什么闲钱，盖猪圈不现实，但2000元租金他还是能拿得出的，于是他同意了舅舅的要求，当天给了舅舅2000块钱。

宗家人守孝在身，大年初一不用走街串巷拜年。这天，家事处理完后，新贵一家就回了城。大年初三上午，新贵一个人开着车回家上坟烧纸，然后就离开了。

宗俊读大三，这个寒假他并没有打工，而是在义乌的家里，整天一觉睡到自然醒，混混沌沌耗日子。宗鹏刻苦学习，时刻为改变命运的高考奋斗着。

潘婷婷自从腊月十七回到老家，说话就变得小心翼翼。

人一旦开始了撒谎，就要不停地撒谎，用一个又一个谎言去掩盖最初的谎言。她感觉特别辛苦，特别累。她一边和家人周旋着，一边被弟弟潘超要挟着要钱。

大年三十接到林月明的电话，潘婷婷以为是关于新年的祝福，没想到听到的却是林月明外婆去世的噩耗。在廿三里镇生活的这半年，虽然宗祖成夫妇不善言辞，但他们表情中流露出对自己的待见。

潘婷婷悄悄地躲到自己屋里，哭了好一阵子。北方天气干燥，哭过后，她脸上的皮肤更加干，为了不让家人看出来，她连忙洗把脸，擦了些雪花膏。

潘婷婷家没有网络，这个寒假她没有兼职，也没有找辅导班工作，她几乎每天都陪着奶奶和春节回家几天的爸妈，毕竟过了正月十五，她就又要坐上开往义乌的火车。

林月明在这个春节过得身心疲惫，外婆家被舅舅翻得乱七八糟，他和妈妈收拾了两天，才把家收拾整齐。再过一个月，又该花大钱买种猪了，林月明每天都把半天的时间扑在电脑前制作动漫剧，其他时间他都守在奶奶身边。奶奶的身体日渐消瘦，他伺候奶奶喝水、吃饭，甚至奶奶休息时，他不说话，坐在奶奶旁边陪着她。

正月十五晚上，镇上各家放烟火，一阵阵“砰啪”声惊吓醒了林婆婆，她醒来呼吸急促，坐在身边的林月明失了神，边喊边往院子里跑：“快来啊，奶奶难受，我去请医生。”

林江担心鞭炮声吓到母亲，所以今年没有买烟火。林月明跑出来时，他在院子里检修面包车。新英在厨房包馄饨，他们听到林月明的喊声，立刻跑进堂屋。

林江夫妇在堂屋守着母亲，林月明快速奔跑着去请宗医生。

“人之将死，其言也善。”林婆婆握着林江的手，一字一顿地说：“月明想喂猪就让他喂吧，让他在咱家喂。我不该太顾自己的面子了。”说完，她手一松，断了气。

人没有呼吸，即便华佗再世也无回天之术，更何况宗医生只是个乡村医生。林家一片哭声。

正月十六早上，潘婷婷拉着行李箱和自己奶奶告别，她的眼泪控制不住地流出来。这眼泪，为林家奶奶的去世而流，也为告别自己的奶奶而流。话多遭殃，潘婷婷怕跟奶奶告别的话太多露馅，克制着情绪走出了家门。

林家办丧事，林月明给她打电话，本来是让她在家多待几天，等奶奶的丧事办完了再让她来，可她在家待几天的理由是什么？如果不在家待着，她去哪里待五天？况且一个月的时间里，林月明接连失去三个亲人，这个时候潘婷婷也顾不上什么规矩不规矩了，她知道林月明需要安慰和陪伴。

林婆婆的丧事按着当地的习俗进行着，正月十九下午，林家的祖坟区多了一个新坟头。

拾叁

林婆婆的去世让镇上的人对林月明更加议论纷纷，如果林月明不喂猪，说不定林婆婆还整天拎着板凳，到戏台边跟街坊唠家常呢。

林月明俨然成了廿三里镇的笑话，可他不理会那些风凉话。眼看着到二月二，该选种猪了，林月明走访镇上喂过猪的人家，询问如何选种猪。可他现在不过是个喂猪的，别人没什么利可图，况且奶奶的死让他背着不孝的骂名，他在镇上快走断了腿，也没问出个所以然来，最后他只好在网上和到义乌市图书馆查资料。

廿三里镇喂猪的人家几乎没有了，二月二这天，镇上赶集的人中并没有卖猪仔的，林月明和潘婷婷只好各自拎着一个筐，坐公交车到义乌市买猪仔。他们跑了好几个市场才买了十头猪仔，两个人折腾了一天，终于把猪仔放到外公家的猪圈里。

以前外公外婆在时，林月明负责外公的医药费和外公外婆的生活费。现在外公和外婆“走”了，林月明除了日常生活开支，只剩下喂猪的投入成本和潘超时不时的索要，他欠大学同学的钱也已靠兼职还清。

这一年，林月明大展拳脚，把外公家的院子打造成了田园风光。他和潘婷婷搬到外公家，林月明住在外公外婆生前住的东里间，潘婷婷住在西里间。

两个人天天围着乌猪转，成了名副其实的“猪公”“猪婆”。林月明不管邻里们怎么议论，这一年，他把所有的精

力都放在乌猪的饲养上。

勤快的人什么时候都闲不住，他去年8月开始跟外公学喂猪，知道猪仔喂养需要注意很多事项，喂猪也是技术活，万一有什么差池，一窝猪一夜之间就可能全死掉，所以除了日常喂猪，他只要一闲下来就琢磨着如何喂养，他还经常骑着自行车到市牧畜局向专家请教。

其实乌猪的饲养应该奔着健康养殖和原生态养殖的理念，也就是说乌猪不应该被天天关在猪圈里，外公生前不放养是因为他体力不行。林月明在外公家的院子里留下一条小路，其他的地方都用铁锹翻了一遍，然后种了一棵苹果树以及满地的马齿苋、蒲公英、车前草等田间野草。

功夫不负有心人，经过林月明和潘婷婷的翻新，院子里空气清新、阳光充足，非常适合乌猪饲养。通过采用“关养”和“放养”相结合、纯天然草料喂食的办法，确保了猪肉的品质。

林月明每天将满院子的猪屎铲到一个箩筐中，拎到自家地里，用这些猪屎给田地施上肥料。他家的小麦因为这些天然有机肥长势很好，6月小麦熟了，林月明把脱粒后的麦麸作为原料喂养乌猪。

收割小麦后，林月明又在田里种上玉米、红薯、南瓜等农作物，依然不怕苦不怕累地采用天然有机的方式管理田地和喂养乌猪。

潘超仍时不时地给姐姐潘婷婷打电话。7月初，潘婷婷给潘超卡上打了2000块钱，千叮咛万嘱咐潘超不要把钱都花掉，记得给奶奶买些补品和衣服。挂掉电话后，她又给爸妈打电话，谎称自己在北京兼职，不回老家了。

潘婷婷一点也不矫情，有她这个坚实的后盾，林月明的干劲儿更足。

农历十月初，林月明雇了镇上四个强壮的青年帮忙杀猪。十月初八这天，天气晴朗，四个青年如约来到老宗家。

这天早上，林月明和潘婷婷起得很早，他们也像外公一样，早早地祭拜火腿祖师爷宗泽，希望宗泽将军保佑今天杀猪顺顺利利，但潘婷婷看得出林月明的祭拜包含更多的是对宗泽的敬仰之情。

林月明和四个青年满头大汗地在院子里跑着抓猪、杀猪，潘婷婷负责烧水做饭等后勤工作。虽然新英希望儿子带着女朋友再去北京工作，但儿子毕竟长大了，也有了自己的想法，既然左右不了儿子，新英也开始帮着他。她本来计划这天和潘婷婷一起负责后勤的，可林月明希望母亲在以后的日子里多享福，便没让母亲来。

杀猪很辛苦，好在下午五点半天黑前，该卖的猪肉都被收购走了。

接下来的日子，林月明投入到腌制火腿的工作中，他遵循着秘方上记载的火腿制作的精要：洗、腌、晒、整形、下架、推油、堆叠、修割，确保每一条火腿在自然通风的环境下发酵。虽然制作火腿需要十个月到一年的时间，可传统工

艺经过了历史的沉淀，无论是色泽、香味，还是品质，都是工厂一条龙生产不出来的。因为这种手工制作技艺吻合大自然的规律，它蕴藏着风、盐、阳光以及人情的味道，林月明将自己制作的火腿的味道归纳为“香沉善至”。他把这种精雕细琢、精益求精的工匠精神发挥到极致。

“如果大家都理解你就好了。”给林月明打下手的潘婷婷带着几分心疼地说。

“他们不懂没关系，我这是对老手艺的传承，也是对大自然的尊重。”林月明的话颇显男人气概，这正是潘婷婷跟定他的原因吧。

这年冬天，林月明和潘婷婷隔三岔五地在院子里给火腿上盐、翻晒，大自然的光是火腿香味的源头。

时光如白驹过隙，一转眼，院子里的苹果树凋零得不剩一片叶子。很多人闲下来“冬眠”，但林月明又有了新目标。他决定来年春天把自家的六亩田地建成猪舍，扩大养殖规模，并且免费给大家传授养猪技能和火腿腌制技术。

过去，林月明一直是林江夫妇的骄傲，而现在，林江夫妇在邻里们面前不敢再提儿子的名字，他们理解不了儿子的伟大，但也管不住儿子，只好由着他来。

腊月十六是宗祖成逝世一周年祭，宗家姐弟平摊费用，按习俗请了本家族人和亲戚过来办周年祭，其实平摊新贵也不乐意，照他的想法，姐姐新英全拿也不亏。

周年祭时，宗俊、宗鹏都回来了，潘婷婷也已坐上回老家的火车。

表兄弟好久不见，围在一起烤着炭火聊天。

“表哥，过了年我不去北京实习了，以后找你方便多了。”宗俊说完，林月明心里一颤，心想，摊上宗俊能有什么好日子吗？

“你去哪里实习？”林月明问。

“去横店影视城当演员。”宗俊很傲娇地说。

“什么？当演员？”林月明很惊讶，而其他人低着头笑。

“《天下无贼》你们看过吧，那个演傻根的王宝强不也是没背景、没后台，从群众演员开始的吗？你们是怕我将来比你们混得好吧。”宗俊长相不丑，但想红确实靠运气，听他的语气是认定了当演员。

“群演一天才20块钱，20块哪够你一天的吃住啊，况且这行是三天打鱼、两天晒网的，你哪里来的钱耗着？”林月明问。

“这，这你就别管了。”宗俊支支吾吾地回了句。

几个表兄弟你一句我一句地聊着，林月明年龄最大，两个表弟问得最多的还是林月明的事情，比如什么时候和潘婷婷结婚？把林月明家的旧房子当婚房吗？什么时候不喂猪？

“养十头猪是养，养几十头猪也是养。明年开春，我计划把家里的六亩田造成猪舍，养40头猪。”林月明对自己的理想侃侃而谈，不得不说，两个表弟听后还是很佩服他的。

父母在，家在。自从老宗夫妇“走”了，宗家聚会的次

数屈指可数。

2008年正月初三，新贵带着儿子回家上坟，他们直接从坟头开着车回了义乌市，姐弟间的感情也淡了。

正月十七，潘婷婷又来到廿三里镇陪林月明喂猪，今年她26岁，在农村，如果不念大学，她这个年龄的女孩子早结婚生子，孩子都会打酱油了。所以春节在家，潘婷婷家人问得最多的问题便是林月明娶不娶她。如果不娶，别耽误了自己的青春，趁着年轻还有资本，选一个稍微好点的。当然每一次家人问，潘超都会把林月明夸上天，可想而知林月明私下给了潘超多少钱，才使潘超不遗余力地夸他。

正月十八，林月明找了镇上的工匠们并付了定金。第二天，工匠们就开始在他家的田地盖猪舍，包括四间简易猪舍、三间简易房以及一米高的围墙。因为本来就打算盖猪舍，所以去年秋收后，地就荒着，长满了草。这下，不用再在院子里翻土、人工栽培野草了。

五天工夫，简单的猪舍和三间简易房盖好了，林月明和潘婷婷各住一间，中间的屋用来做饭。

这一年，林月明计划大干一场，他逢人便说起免费收徒弟的事，可大家不过把他的话当耳旁风，放着大好的日子不过，跟着林月明又脏又累还不挣钱，何必呢？

二月二，林月明租了辆机动三轮车，到义乌市一次性进了40头猪仔。猪圈里的40头猪哼哼着吃食，林月明和潘婷婷两个人忙不过来，于是花钱雇了人。当时，当地的基本工资1500元左右，可喂猪是个体力活，还脏，所以林月明给饲养员张大伯一个月1800块钱，包吃中午饭。

张大伯也是廿三里镇人，今年50岁，老伴儿去世了，和两个儿子分家后，他自己生活，人很憨厚实在，在林月明这里上班，他把猪当成自己家的喂养。人都是感情动物，和

张大伯相处了一个月后，林月明干脆包了张大伯的一日三餐，用潘婷婷的话说："做两个人的饭是做，做三个人的饭也是做。"

春暖花开，岳金山赶着羊群去鸡鸣山放羊，他每次远远地看到林月明的猪舍就一阵冷笑。他娶的老婆进门不到一年就没了，老宗的老婆却死在了老宗后面，起码老宗一辈子没打过光棍，这让岳金山每每想起来都一肚子火。宗家的儿子、孙子不成气候，本镇的外孙更好笑，是个喂猪的，岳金山倚靠在一棵大树下休息，他时常想着怎么让宗、林两家发生点什么不愉快的事。

时间过得真快，转眼到了夏天，前年老宗在世时，他让林月明陪着到镇非物质文化遗产保护中心申请过火腿腌制技术的事情，镇"非遗"办公室把宗祖成的申请表逐级向上递到省非物质文化遗产保护中心，省"非遗"办公室的工作人员今年6月1日开始下来走访调查，因为老宗当时留的是林月明的手机号，所以省"非遗"办公室的工作人员给林月明打了电话。

林月明接到电话后十分激动，他和省"非遗"办公室的周主任约了时间。

6月10日上午9点，周主任一行五个人在镇"非遗"办公室工作人员小刘的陪同下来到林月明的猪舍。

周主任等人刚进猪舍，就看到满院子的乌猪自由奔跑，地上是天然野草。这里空气清新，远离村庄，保持了良好的原生态环境，有效防止和避免了各种畜类病菌和污染。

林月明采用传统饲养方法，以豆粕、玉米粉、米糠、麦麸为主要饲料，辅以青草、红薯、南瓜等植物性清洁饲料。

周主任等人进来时，刚好张大伯在用玉米粉喂猪，林月明和潘婷婷一人背着一筐刚从鸡鸣山割的草回来。

“这才是老手艺的匠心精神，你们让我眼睛一亮，我们走多远的路都值了。”周主任握着林月明的手，万分感慨地说着。

在鸡鸣山的半山腰，岳金山看到一群人到林月明的猪舍，还以为是有人闹事，看热闹不怕事大的岳金山赶着羊群去了林月明的猪舍。

周主任一行人和林月明以天为伞，以地为椅，站在院子里畅聊着喂养乌猪和腌制火腿的技艺。说起手艺，林月明简直像脱了缰的野马奔驰在辽阔的草原上，他足足说了两个多小时。

“周主任，快到中午饭时间了，走，我请你们到镇上饭店吃饭。”

“林月明，你的心意我们领了，我们公事公办。你和你女朋友让我在年青一代身上看到了希望，好样的。火腿腌制技艺我们回去再评估评估，只要省里审批通过了，国家将拿出10万块钱给传承人加以保护。以后每年也会根据情况发放补贴。”周主任走访调查完，跟林月明、潘婷婷和张大伯告别离开。

10万块可不是个小数目，况且以后每年还会有补贴，林月明送周主任等人出了门，在门口看到岳金山。送走周主任一行人后，林月明热情地走到岳金山身边。

“金山爷，大热天的，进来喝杯水吧。”

“不了，我该回家吃中午饭了。”岳金山说完抹了抹额头上的汗珠，赶着羊群走了，他嫉妒得心脏疼，哪里还有闲工夫留下来喝水。

火腿腌制技艺被认定为“非遗”的事才开始，岳金山就四处走动了，平时他吃过午饭后有午睡的习惯，今天中午他心事重重，睡是睡不着了。他先后到宗新生的儿子大鹏家、宗宝生的两个儿子家、赵大年的儿子家、马双喜的儿子家，通知了他们火腿腌制技艺能一次性获得国家10万块钱补贴和以后每年国家还会根据情况发放补贴的事。

大家单是听到一次性给10万块钱补贴，就都坐不住了，他们第一时间到镇非物质文化遗产保护中心询问情况，接待他们的是工作人员小刘。小刘才跟着周主任到林月明的猪舍走访调查，所以他问了这些人关于养猪和火腿腌制技艺的问题，可这些人连腌制火腿需要抹几次盐都不知道，还申请什么传承人呢。

在镇“非遗”保护中心门外等候的岳金山见这些人都垂头丧气地走出来，就知道他们申报失败了。他一计不成，再生一计，林月明的手艺可是宗家的，新贵如果听说外甥靠自己老爹的手艺拿了高额补贴，他肯定不干。岳金山一定要让宗家闹得鸡犬不宁才高兴，于是他问了好几个人，打听到了新贵的手机号。

“我是你金山叔，跟你说个事儿，你可听好了，祖成哥那做火腿的手艺，国家一次性给10万块钱补贴，以后每年还会根据情况发放补贴，不过是给你外甥林月明的。”岳金山又把上午周主任一行人到林月明猪舍的事，在电话里添油加醋地跟新贵说了一遍。

“哼，有好戏瞧喽！”岳金山挂了电话，躺到床上酣酣入睡。

新贵两口子坐不住了。

“本来就是宗家的手艺，秘方的事，我到现在还一肚子火呢，现在国家给补贴，他一个外人怎么好意思要？这可是棵摇钱树，每年都能摇到钱的。”杨双燕咬牙切齿地说。

“他能喂猪，咱们也能喂猪，买几头猪放到咱爹院子里，让俊和鹏回去养几天，等拿了钱再把猪卖掉，不就行了。”新贵说。

“那你明天就回家。”

“行。”

商量好后，新贵两口子相视一笑。

夏天天亮得早，第二天，也就是6月11日早上7点，新贵开着车回了老家。他走到林月明的猪舍，林月明、潘婷婷和张大伯正在院子里吃早饭，他们看到新贵进来，感到很惊讶。

“舅舅，你来了。”林月明说着，潘婷婷和张大伯笑着礼貌地起身。

“嗯。”新贵说话时眼神四处飘着，不正眼看林月明。

“舅舅，你这么早过来，找我有事吗?”

“当然有事了，要不来这么早干啥？听说昨天上面来人问腌制火腿的老手艺的事了？我来问问。”新贵带着长辈的语气训话。

“舅舅，昨天省里‘非遗’保护中心来人走访调查，如果火腿腌制技艺能申请下来，国家补贴10万块钱对老手艺加以保护。但申请的项目挺多的，我也不确定能不能批下来。”林月明毫无保留地说。

一旁的潘婷婷和张大伯听到林月明一五一十地交代了，急得直跺脚。

“月明，这是我们宗家的手艺，为什么上面的人找你，不找我呢?”新贵追问。

“舅舅，是这样的，外公在世时，我在网上查过很多资料，前年国家就已经公布了第一批非物质文化遗产名录，我带着外公去镇上‘非遗’保护中心填写了申报表，留的是我的号码。”

“你真够狡猾的，明明是我们宗家的老手艺，凭什么传承人写你的名字。我到镇上办公室问问。”新贵说完马上走了。

“月明，你舅舅真不是个东西，你以后跟他说话别那么实在。”张大伯提醒着。

“我倒不是在乎那些补贴的钱，谁能把老手艺传承下去，这钱给谁都无所谓，就怕舅舅拿了钱就没下文了。”林月明淡定地说。

“什么？10万块钱你说让就让啊。你别忘了，外公住院时，你舅舅是怎么对你的。”潘婷婷实在听不下去了。

“他们怎么你了？”张大伯问。

“张大伯，你在这做帮工半年了，我早把你当成亲大伯一样，我实在看不惯，就跟你直说了吧。月明他外公知道自己得了胃癌，最多还有三年的寿命后非常抑郁，担心老手艺在他手里失传了，让月明舅舅学，可他舅舅不学，月明就说愿意跟着学。这下可好，月明的舅舅提条件说想学可以，得交学费，外公住院，月明作为外孙拿了2万块钱不说，出院后外公买药等一切开销也都归月明负责。现在国家还没给补贴呢，他舅舅的嘴脸就露了。”潘婷婷越说越来气，她饭也不吃了，背上背篓到鸡鸣山割草去了。

潘婷婷跟着林月明来到义乌，目睹了这一家子近年来发生的事情：三位老人相继去世，月明舅舅一家对亲情的淡漠……现在林月明说让就让，令潘婷婷觉得林月明不分是非黑白。

“月明，你是不是缺心眼啊？唉，本来你们家的事，我不该多嘴，可你舅舅什么东西啊，这钱就是扔到义乌江里打水漂，也不能给他们。”张大伯说完就收拾碗筷走开了。

新贵马不停蹄地开着车到镇“非遗”办公室询问情况，接待他的是小刘。

“你也是来问火腿腌制技艺的啊?”就这个手艺，小刘这两天接待了不下十个人，他听得耳朵都快长厚厚的茧了。

“十来个？都谁啊?”新贵有些好奇，也感觉有压力。

“这个你不用过问，我先问问你的情况吧。”小刘按程序问新贵，新贵和之前那些人一样，连腌制火腿需要抹几次盐都不知道。

“你们根本不会制作火腿，如何申请传承人？国家出台政策是为了保护老手艺，你的情况根本不能往上报。”

“刘主任，这火腿腌制技艺可是我们宗家一代一代传下来的，我可是宗泽将军的后人。林月明是我外甥，他的手艺是我爹手把手教的。这个老手艺可不能改写成林家的。”

“既然是你父亲的，那为什么你父亲宁可手把手教给外孙，都不教给儿子呢?”

“我外甥大学毕业不好找工作，我们就同意他跟着外公学喂猪，总比在家闲着好。”新贵解释道。

虽然新贵这么说，可小刘是个明白人，上次他跟周主任一起对林月明进行走访，从林月明的谈吐间，小刘看得出他是一个非常懂事、非常有情怀的人。

“清官难断家务事，你们的家事，我不好参与，但你根本不懂火腿腌制，是不能填写申报表的。”小刘毫不客气地把新贵打发走了。

新贵哪儿肯甘心啊？他开着车到姐姐新英家。上午10点，新英在屋里开着吊扇看电视，她隔着窗户看到弟弟进来，不慌不忙地走出屋。

“下个月才上坟呢，怎么今天过来了？”新英冷冷地问。

“姐，看来你是知道了。”新贵绷着脸回道。

“知道了？什么事？”新英一头雾水。

“姐，你就别装了，虽然咱爹咱娘没了，可你别忘了，你姓宗不姓林。”新贵说。

“你有什么事就明说，别绕弯子了，也没外人。”新英懒得跟他拐弯抹角。

新贵把月明申请“非遗”的事、他到镇“非遗”保护中心碰钉子的事都跟姐姐新英说了一遍。

“姐，这是咱宗家的手艺，怎么能写上林家人的名字？”新贵既装狼又扮虎，刚才还说话硬生生的，现在语气放缓了不少。

“现在国家补贴钱了，你们知道是宗家的老手艺了，那国家不补贴钱的时候，你们咋不学呢？”新英一句话噎得新贵不知说什么好。

新贵软硬兼施，目的只有一个，那就是万一火腿腌制技艺被批下来，传承人的名字不能写林月明，得写他。

姐弟俩站在大太阳下谈判了一个小时，都晒得满头大汗。

“当初我儿子学，你们逼他交学费，现在你们又想要补

贴的钱，你们做事讲点良心中不中？”

“姐，谁不讲良心了，难道你儿子上学不交学费吗？再说了，咱爹咱娘就咱们两个孩子，给我的秘方是假的，嘿嘿，那真的秘方在哪儿真的是你知、我知、天知、地知了。”新贵红着脖子说道。

姐弟俩没谈成，新英转身到厨房做午饭，一句留新贵吃饭的话都没有，新贵气鼓鼓地回了义乌市。

傍晚，张大伯吃过晚饭，特意跟林月明交代了句：“你提防着你那舅舅，这事如果他拿不到钱，别给你搅黄了。”

“大伯，知道了。”林月明点了点头，张大伯就离开了。

新贵怎么能善罢甘休呢？晚上，他们两口子又在一起商量。

“今年腊月咱爹办二周年祭，这个可以小办，咱们不通知姐，亲爹办事她不来，看她在镇上丢脸不丢脸。明年大办三周年，咱们还不通知她，让她丢丢人。”杨双燕眼珠子一转，就是一个馊主意。

“你这招绝了，明天我再找姐一趟，直接跟她摊牌，一招点了她的要害。”新贵拍手叫好。

事不宜迟，第二天一大早，新贵就开着车回了老家，他守在林家附近，等林江吃过早饭出去后才进了门。

“钱真是好东西。”新英看到弟弟新贵来，讽刺了一句。

“姐，你别生气，听我慢慢说。”新贵嬉皮笑脸地接着说，“姐，今年咱爹办二周年，二周年小办花不了多少钱，就不用你摊钱了。嫁出去的闺女，泼出去的水，本来就不该让你拿钱，明年办三周年，你也别拿钱了，当然姐你也挺忙的，到时候你就别来参加了，要不然你们林家一大家子都在宗家事儿上忙。”

新英听明白新贵的意思了，他是在威胁，赤裸裸地威胁。言外之意就是，父亲大办三周年祭，不让你这个当闺女的参加。

办丧事一般都由家族长辈和镇上威望比较高的人主持，但周年祭可根据实际情况办，说得再明白些，如果儿子不愿拿钱，不嫌丢人的话，周年祭也可不办。

新英感到胸口一阵闷痛，她硬撑着走进堂屋，坐到沙发上稍作休息。新贵不依不饶地跟着进了屋坐下。

“姐，我们毕竟从小吃着一锅饭长大的，弟弟还是尊重你的意见的，你考虑考虑参加不参加咱爹的周年祭啊。”新贵虚伪地笑着说。

“姐，就算你生在古代，嫁给皇帝，你也是姓宗的，对不对？为什么我等姐夫出去了才进来，道理你清楚的。那套老手艺学起来也不难，你今天下午就到月明那猪舍去帮忙，顺便问问喂猪有哪些技巧、制作火腿的步骤是什么。再说了，让月明死了喂猪的心，他还可以回北京混。”新贵哀求道。

“你先走吧，我脑袋比较乱，容我想想。”新英把新贵打发走。她呆坐在沙发上，屋顶的电扇呼呼地转动着，她感觉

这电扇发出了轰隆隆的声音，吵得她心里不安，她起身把吊扇关掉。6月的晌午很炎热，吊扇的翅膀还没停，新英就觉得热得心烦，她又打开吊扇。吊扇的翅膀慢慢加速，又呼呼地转动着，她再一次感到脑袋嗡嗡作响，于是关了吊扇，出了门。

林家到猪舍只有两公里的路程，新英却觉得这段路真漫长。

“妈，大热天的，你怎么来了？”林月明正穿着围裙，背着药罐给猪圈喷洒消毒水，满院子的猪到处跑。他隔着一米高的院墙看到母亲，笑着扯着嗓子喊。

“我在家也没事，就过来看看。”新英说着进了院子。

“阿姨，你来了。”潘婷婷正在和张大伯拌猪饲料，她笑着打招呼。

“嗯，看把你们累的，中午我做饭。”新英说着走进屋准备午饭。

新贵回到家给宗俊打电话，宗俊正在横店影视城附近的出租房睡大觉。自正月二十到横店，宗俊几乎是三天打鱼、两天晒网，每天大早上跑到影视城门口，被选上了就跟着剧组走，选不上，这一天就够呛了。这天，宗俊等到上午10点多也没有群头联系他，在大太阳下耗着还不如回去睡觉。宗俊刚睡着，电话就来了。

“爸，我正拍戏呢，你有啥事赶紧说。”宗俊眼皮子都没抬，问道。

“俊，你先回来，爸有个好事跟你说。”

“爸，你先说啥好事吧。”宗俊一点兴趣都没有。

虽然给宗俊打着长途电话，可新贵怕宗俊不回来，也就不管长途话费贵不贵了，他在电话里非常详细地跟宗俊说了原因。宗俊在横店这半年花的是奶奶生前给他的钱，他每次回家都趁着大伙儿不在的时候跟奶奶要钱。他是长子嫡孙，所以奶奶几乎把钱都给了他，这也是为什么宗祖成夫妇去世后，家里没剩下钱的原因。宗俊心想，在横店混了半年，眼看快弹尽粮绝了，现在有这么好的事，回家也有台阶下。

“爸，看在你苦口婆心的份儿上，我就明天回家吧。唉，一个被喂猪耽误的大明星啊。”宗俊说完挂了电话继续睡。

拾肆

时过境迁，物是人非。如果在生活的坎坷中仍然看不见人性的缺失，那么很多时候，也枉为人。

时间在林月明身上悄悄划过，留下了爱情的痕迹，磨平了亲情的痕迹。26岁的青年，他的胸怀包容了家族的万象，他的理想也让无数人看见了希望。

然而宗俊的突然到来，让事情有了戏剧性的转变。

舅舅把宗俊送来，大包小裹的，林月明心里全然明白这不速之客到来的目的。张大伯趁宗俊上厕所，悄悄提醒林月明说：“你表弟背着包，看来是要长住了，没准是来偷学技术的。”

“没安什么好心。”潘婷婷也提醒着林月明。

晚上，宗俊和林月明两个人在一间屋子里睡，屋里的吊扇呼啦呼啦地响着，就是没什么风，他们干脆到院子里睡觉，可院子里白天40头猪疯跑，到处都是屎，熏得他们够呛。整得他们在里面躺不下，在外面睡不着。

林月明一心想着，只要能把老手艺传承下去就行，表弟来了，他就带着宗俊割草、喂猪，毫无保留地教他。

宗俊学得很认真，生怕传承人不是自己。

时间在知了的叫声中一天天流逝，转眼到了7月，潘超拿了毕业证书，他的同学都天南地北地找工作，潘超才不想累死累活地打工，收入还少得可怜呢。他给姐姐打电话借5万块钱，打算在学校附近开洗衣店。

投资洗衣店，只要服务好确实比打工挣钱，可潘婷婷还

不了解她那个好吃懒做的弟弟吗？给他5万块钱，他也是打水漂，况且潘婷婷现在也没那么多钱。自从林月明扩大养猪规模，潘婷婷兼职的钱除了每月给潘超汇去一部分，剩下的几乎都投到猪身上了。

“姐，你是不是想让妈知道你堂堂一个高才生喂了两年猪啊？”潘超威胁着，他每次都能达到目的。

“你赢了，一个月内我给你转5万块钱可以吗？你继续替我保密。但这是最后一次了，你长大了，姐姐不能管你一辈子，你要自食其力。”潘婷婷无奈地挂了电话。

如果林月明拿到10万块补贴，给弟弟5万块钱绝对不成问题，但现实有时很令人头疼。

晚上的乡下很宁静，忙了一天的潘婷婷想着弟弟的事，翻来覆去睡不着，她披上外套走到院子里，望着星空发呆。不一会儿，林月明披着外套从屋里走出来，坐到她身边。

“月明，我弟弟又讨债了。”潘婷婷有些难过。

“多少钱？”

“5万元。”潘婷婷小心翼翼地说。

“什么？这么多，可我现在手里没这么多啊。再说他一下子要这么多钱干吗？”林月明显然被潘超的大胃口吓到了，虽然他经常给潘超钱，但最多也就一次几千块。

潘婷婷把潘超要开洗衣店的想法告诉了林月明。

“坦白讲，我也不看好我弟弟，可没办法，他抓着我的把柄呢。如果那10万块批下来，你可以先给超打5万块吗？

我已经跟他说了，这是最后一次。”潘婷婷说。

“说真心话，我能有今天，怎么能少了你的功劳，如果亲兄弟明算账的话，这10万元里起码有你一半呢。不过宗俊住下来，你也知道的，唉。”

“我跟着你并不是图你的钱，这笔钱顺其自然吧，如果给了弟弟，他有了自己的事业，以后应该也不会再问我们要钱了，如果没有也无所谓，我也不想再被他整天要挟。”潘婷婷细声细语地说完回屋去了。

两个人的爱情，单靠一个人痴情地维护太卑微。如果林月明在乎潘婷婷，他自然会想办法的。当然，如果不在乎，这样的爱情也不是潘婷婷想要的。

潘婷婷的不争不抢让林月明很欣赏，同时他又不安起来。如果真的批下来10万块补贴，这笔钱给林月明还是给新贵，现在谁也说不准。

张大伯站在林月明和潘婷婷一边，工作时总提防着宗俊，可林月明恨不得把毕生所学都教给他，因为林月明觉得这技艺本就是宗家的，再说他也想让更多的人将手艺传承下去。

转眼到了7月末，周主任和小刘一行人又一次来到林月明的猪舍。林月明和潘婷婷热情迎接，宗俊立刻避开他们，给爸爸打电话。新贵接到电话后马不停蹄地开着车过来。

“林月明，金华火腿腌制技艺被批下来了，现在你在文件上签个字，下个月初补贴款就会打到你卡上了。”周主任

说着把一份文件递给林月明。

林月明接过文件，正要签字时，“半路杀出个程咬金”，宗俊一把抢过文件。宗俊笑着指文件上宗祖成的名字，跟周主任说：“周主任，宗祖成是我爷爷，当时我正在北京读大学，所以是表哥陪爷爷去申请的。这些手艺按规矩是传男不传女、传内不传外的，表哥会的这些我也会，你们不相信，可以随便问。”

周主任和小刘轮番问宗俊，宗俊回答得差不多，可见为

了那10万块钱，宗俊最近是下了功夫的。

“表哥，你陪着爷爷去就去吧，可怎么可以写上你的名字呢？”宗俊用有些责备的语气说道。

“可手艺并不是纸上谈兵，我们再合计合计。”周主任对宗俊说。

潘婷婷和张大伯实在看不下去了。

“你这个‘兔崽子’，满口胡言。你今天就离开猪舍。”张大伯把宗俊来到猪舍的前前后后跟周主任说了一遍。周主任听后很为难，林月明确实符合传承人的条件，可是如何做通宗俊的工作呢？

“林月明，你下午到镇‘非遗’保护中心来一趟。”周主任说着准备走，还没出门，新贵就风尘仆仆地过来了。

“你们是‘非遗’办公室的吧，我是宗祖成的儿子宗新贵。我在义乌做生意，申请的时候我爹让外孙陪着去的。我们宗家的手艺，外人会，我们又怎么可能不会呢？”新贵说。

尽管新贵笑得很热情，可周主任知道他不过是为了钱在作秀。周主任借口工作忙，并再三叮嘱林月明下午到镇“非遗”办公室，然后便离开了。

一个不起眼的猪舍因为周主任等人的出现，顿时成了焦点。如果林月明下午去了镇“非遗”办公室，“非遗”传承人八九不离十就是他。新贵给姐姐新英打电话，让她马上赶到。

不到十分钟，新英就到了猪舍。五个人围坐在屋里，十

分拥挤。张大伯是个外人，新贵担心他坏事，就打发他走了。

“舅舅，我学手艺是外公的心愿，现在你学，无非是为了那10万块钱。等你拿了10万块，又不保护这个老手艺的话，国家能批也能废，第二年上面来人调查发现没被保护的话，补贴照样停发。”林月明说。

在金钱面前，亲情薄得像一张纸。

“停发就停发，有这10万块钱就够了。”新贵真是被钱冲昏了头，他说完自己都觉得不好意思，连忙解释道：“我是说，国家停发，咱们也照样传承下去。”

“舅舅，你拿了补贴款，谁喂猪？你、俊还是鹏？”

“这个，这个你不用考虑。我会想办法的。”新贵转身对新英说：“姐，你说句公道话。”

一屋子人的目光都聚在新英身上，气氛紧张到了极点。

新英明白，尽管她撕的那个秘方也没有什么章，可这个结在新贵心里始终解不开，现在如果老手艺被批下来，10万块钱却不给新贵，新贵肯定狗急跳墙，到父亲三周年祭时，指不定他和杨双燕会想出什么鬼点子呢。

“月明啊，你和婷婷回北京工作多好，喂猪这事本来就是宗家的，还是让宗家人喂吧。”新英的回答让人出乎意料。

“阿姨，月明可是你儿子，你为什么不站在他的立场替他想想？他为了养猪、制作火腿，付出了多少？你现在一句让他回北京就完了吗？”这是潘婷婷来到林月明的老家两年来，第一次大声跟新英说话。

“姐是为你们考虑呢，你们回北京过好日子不是挺好的吗？”新贵帮姐姐新英开脱。

“你们在义乌做生意不也挺好的吗？干吗非要回来喂猪呢？”潘婷婷回击。

“你还没过门呢，现在我们讨论家务事，你不方便插嘴。”

新贵的这句话像打雷一样，在潘婷婷脑袋里发出轰隆巨响。

“我不打扰你们谈家务事了。”潘婷婷说完，谁也不看，径直走到自己的房间收拾行李，林月明一看潘婷婷来真的，急了。

林月明把这两年来潘婷婷跟着自己隐瞒家人，被弟弟缠着要钱的事一股脑儿地当着众人的面跟妈妈说了一遍。

宗新英和潘婷婷相处了两年，她打心眼里待见潘婷婷，听到儿子这么说，她对潘婷婷感到十分抱歉，这么好的女孩如果和儿子分手了，可是她的损失，可新贵怎么打发呢？

“新贵，那10万块钱一半归你，一半给婷婷，凡事你都不能做得太绝了。”宗新英发火了。

“舅舅，传承人写谁的名字，上面的人自有判定，这两年来婷婷跟着我喂猪，就算挣工资也不止这5万块，况且当初我也没少出钱给外公看病买药，我作出让步，你们5万块，另外5万块给婷婷，至于下一步，我和婷婷去北京也

好，继续留下喂猪也罢，你们就别操心了。”

林月明做到这一步已经是仁至义尽，新贵也不好说什么。

下午3点，林月明和新贵一起到镇“非遗”保护中心，周主任等人一致认定林月明才是火腿腌制技艺的传承人，并批准了两年前林月明的申报。

8月初，新贵分到了5万元，他本来就是冲着钱来的，传承人既然定了林月明，他也不想再费劲折腾，潘婷婷也给潘超的银行卡里打了5万元。

潘婷婷和林月明恋爱两年多，林月明始终没有提未来，她不知道月明心里到底是怎么想的，所以她收拾行李准备离开，这下林月明一家坐不住了。这天晚上，趁着父母都在场，月明终于把憋在心中两年多的话一股脑儿都说了出来。

“潘叔和阿姨一直以为我们在北京，如果我提亲，他们肯定会去北京的，再说我现在是个喂猪的，我是担心……”林月明拉着潘婷婷的手哽咽。

“婷婷，我一直以为月明喂猪是一时冲动，他哪天不喂猪了，你们就回北京过日子去，所以家里一直没准备新房。不过你放心，如果你们留在北京的话，买房子我们有多少钱拿多少，是吧，大江？”宗新英说着用胳膊肘撞了一下身边的林江。

“是啊。你们的婚事我们不反对，非常支持。”林江笑着说。

“月明，你现在有什么计划，赶紧说。”新英催着儿子。

“这手艺我花了很多心血，不想放弃，可又怕潘叔嫌弃我是个喂猪的。所以我想等卖了猪圈里的这40头猪之后，开个农家乐餐厅，招牌菜当然是以火腿为食材的各种佳肴。这样我起码不会被叔叔阿姨嫌弃。”林月明说完很真诚地看着潘婷婷。

“这样像是我在逼婚吧，放开手，我要回家。”潘婷婷的声音很大。

“我跟你一起回家。”

“我在你老家待了两年，你都没提过跟我回家，你现在才知道原来我也有家。”潘婷婷一肚子的委屈今天像开了闸的洪水顷刻间泄出来。

“月明，赶紧收拾衣服，我送你们去车站。”林江在一旁帮衬道。

在一家人的努力下，下午4点，林月明和潘婷婷坐上了从义乌开往河北邯郸的火车。

到邯郸后，林月明和潘婷婷打车去了潘超盘下来的洗衣店，他们先帮着潘超的洗衣店步入正轨。8月学校放假，洗衣店并没有什么顾客，所以他们三个人没几天工夫就把洗衣店里该办的办了，该买的买了。

潘超看着营业执照上自己的名字，心里美滋滋的，可他完全不知道这5万块钱背后发生过什么。

林月明请潘超到餐厅吃饭，潘超专拣贵的点，潘婷婷用

脚踢着潘超，示意他不要浪费，潘超想，下次来还指不定什么时候呢。

席间，林月明说："你的洗衣店可以正常营业了，明天你陪我们去趟石家庄看潘叔和阿姨，我跟叔叔阿姨说正在老家准备餐厅的事，记住，我和你姐是刚从北京辞职的，开的是餐厅，大餐厅，知道吗？"林月明提醒着潘超，潘超边吃螃蟹边点头。

第二天，林月明、潘婷婷和潘超一起坐火车到石家庄，又打车到潘爸、潘妈租住的民房。

林月明把计划跟潘爸、潘妈说了一遍，潘爸、潘妈可以理解年轻人创业，未来女婿开餐厅，他们也有面子，可女儿在北京，都是在北方，离家还近些，若是到了南方，将来生了孩子，见一面真比登天还难。

潘爸、潘妈劝他们留在北京。

"是金子总会发光，这个工作辞了，你们有知识，再找一个也不难。"潘妈劝道。

林月明和潘婷婷互相看着，非常为难，潘超帮他们解围，说："爸，妈，这么好的女婿打着灯笼也难找，别管姐姐在哪儿，现在交通这么方便，再说姐姐发财了，直接给你们卡里打钱，就算守着你们，没钱照样伺候不了你们。"

"吃人家的嘴短，拿人家的手软"，潘超一个劲儿地帮林月明说话，潘爸、潘妈对林月明确实挺满意，毕竟潘超开洗衣店的5万块钱可都是林月明拿的。还没和自己的女儿订婚，就舍得出这么多钱，可见他是在乎自己女儿的。

潘爸、潘妈为了女儿的幸福只好点头答应，这下可把林月明、潘婷婷和潘超高兴坏了。他们谢过潘爸、潘妈，连夜坐着火车离开。

潘超在邯郸站下了火车，林月明和潘婷婷在义乌站下车。

林江夫妇听到潘家答应了林月明和潘婷婷的婚事，连忙准备礼物和彩礼，趁着八月十五潘爸、潘妈回老家的时候，林家三口和潘婷婷一起去了潘婷婷的老家。

潘家人热情地招待了林家人，林月明和潘婷婷在席间订了婚事。

林月明和潘婷婷有情人终成眷属，之后他们和张大伯继续打理猪舍。

一阵秋风吹散了夏末，一地落叶诉说着秋天的告别。转眼到了杀猪季，林月明像往年一样雇了几个青壮年来猪舍杀猪，他留下些猪肉和所有的猪后腿，把其他的肉都卖给了猪肉贩子。

林月明拨了舅舅新贵的手机号，说："舅舅，我今天把猪杀了，明天开始腌制火腿，你看谁来学一下手艺？"

"我又不是传承人，还学那些干什么？"新贵生气地挂了电话。

是啊，他本来就不是为了老手艺的传承，自己打电话真是多此一举。

林月明卖猪肉得了不到8万块钱，义乌的冬天不下雪，林月明把六亩地的猪舍合理规划好，用这些钱请包工队盖了十间宽敞明亮的房子，两间作为厨房，四间作为餐厅招待客人，一间潘婷婷住，一间林月明住，剩下两间供留宿的客人住。猪舍里多了体验区供客人们体验喂养乌猪，之前林月明和潘婷婷住的三间房被改造成了休息娱乐区，客人们可以在这里打麻将、打牌等。

这个冬天，他和潘婷婷不仅要手工腌制80条猪后腿，还要监工农家乐改造，忙得晕头转向。

2009年正月，林月明的农家乐改造完成，各种手续办理齐全。

二月二，龙抬头，这天日子吉利，林月明包了一辆货车，到义乌市买了50头猪仔。

随着一阵鞭炮声，林月明的农家乐开业了。

左邻右舍、合作伙伴都来捧场。

凭借“诚实守信”的经营方式，农家乐的生意越来越红火，镇上的街坊提到林月明都赞不绝口。

几年后，月明在网上看到一则消息，内容大概是这样的：杭州一带有一户人家的父母去世，儿子在整理遗物时，在箱底翻到一张制作火腿的秘方，年号是中统，也就是元代忽必烈统治时期。这户人家都是知识分子，所以他们把秘方无偿捐给了当地的博物馆。

而宗祖成的爷爷宗成大在抗日战争时期为了逃避日本人的追杀四处流浪，很可能是在流浪的过程中不慎丢失了这秘方。

若干年后，月明老了，但宗氏火腿成了响彻一方的知名品牌。新贵出了车祸，成了植物人，可惜的是，宗俊、宗鹏由于工作忙，都没能在床边伺候，杨双燕也不知去向。

林月明和潘婷婷始终不忘初心，不管多忙，他们都会坚持每周开展一次“正在渐渐消失的非物质文化遗产”公益讲座。他们希望老祖宗留下来的手艺能一脉相承地传下去，而这“一脉”不仅指他的子孙后代，更是指流淌着中华民族血液的千千万万子孙后代。

图书在版编目（CIP）数据

守艺 / 古兰月著. —杭州 ：浙江人民出版社，2018.9

ISBN 978-7-213-08882-7

Ⅰ. ①守… Ⅱ. ①古… Ⅲ. ①纪实文学-中国-当代 Ⅳ. ①I25

中国版本图书馆CIP数据核字(2018)第188488号

守艺

古兰月 著

出版发行 浙江人民出版社（杭州市体育场路347号 邮编 310006）

市场部电话:(0571)85061682 85176516

责任编辑 余慧琴

责任校对 杨 帆

封面设计 观止堂_未氓

电脑制版 杭州兴邦电子印务有限公司

印 刷 杭州钱江彩色印务有限公司

开 本 880毫米×1230毫米 1/32

印 张 8.625

字 数 164千字

插 页 1

版 次 2018年9月第1版

印 次 2018年9月第1次印刷

书 号 ISBN 978-7-213-08882-7

定 价 32.00元